初恋依存症の彼

天野かづき

15922

角川ルビー文庫

contents

口絵・本文イラスト／陸裕千景子

袖《そで》にこすれるたびにぴりりと痛む傷に視線を落として、俺は眉《まゆ》を顰《ひそ》めた。

両手首の外側半周についた赤い内出血のあとは、一部が擦過傷《さっかしょう》になっている。

三月とはいえまだ肌寒《はだざむ》い季節でよかった、と思う。長袖《ながそで》のシャツに長袖のジャケットという服装だから、こんないかにも縛《しば》られました、といわんばかりの怪我《けが》を見咎《とが》められる可能性は少ないだろう。

とはいえ動けばちらりと覗《のぞ》くこともあるし、職場で見られたらまずすぎる。俺は高校で国語科の教師をしてるんだけど、板書するときとか、腕《うで》を上げたら見えてしまいそうだ。しばらくは包帯でも巻いてごまかすしかないだろう。

両手首に包帯というのも怪《あや》しすぎるけど、絆創膏《ばんそうこう》ではカバーしきれないし……。

「哲史《てつし》のやつ……」

最後の最後におかしな真似《まね》をしやがって、と内心で毒づく。

――春は別れの季節、なんて言葉を意識したのは、これが人生で二度目だった。

哲史というのは、つい昨日まで俺の恋人《こいびと》だった一つ年下の男だ。

そこそこ長身で、見た目は少しゆるい感じ。でも、声が抜群《ばつぐん》によくて、ついでにぶっきらぼう。ちょっとわがままで世話がかかる。そこが、自分でも悔《くや》しくなるほど好みのタイプだった。

けれど、浮気《うわき》をされるのはやっぱり面白《おもしろ》くない。

付き合いだしてそろそろ一年ちょっとだったけど、その間の浮気は発覚したものだけで三度目だった。

「三度目は許さないって、言ってあったのに」

しかも、よりによって相手は女性。哲史がバイだというのは知っていたけれど、それでもやっぱり男相手の浮気以上に許せなかった。

だから、そう言って別れ話を突《つ》きつけた結果が、この怪我である。

縛られて、強引《ごういん》にやられて……目が覚めたら朝になっていた。

それでつなぎとめられると思っているなんて、どれだけ自分の体に自信があるんだと、正直呆《あき》れる。余計に腹立たしくなって、哲史が寝《ね》ている間にこうして出てきてしまった。

「家に薬なかったよなぁ……」

呟《つぶや》いて俺は、ぴたりと歩みを止める。

それから三歩戻《もど》って、通り過ぎそうになったドラッグストアへと足を踏《ふ》み入れた。よくあるタイプのチェーン店だったけど、ここに入るのは初めてである。

俺のマンションと哲史のマンションは、同じ駅の西と東だからこちら側で買い物をすることはほとんどないんだよな。

俺はぐるりと店内を見回すと、入って右のほうの棚《たな》に近付き、包帯を手に取る。消毒薬は確かあった気がするけど、あれも使用期限とかあるのかな？

「一応買ってくか」

呟いて、すぐ近くにあった消毒液も取る。

ほかに何か買うものあったかな、と少し悩《なや》んだけれど、ここから持って行くのも億劫《おっくう》な気がして結局そのままレジへと向かおうと踵《きびす》を返した。

そのとき。

「明人《あきと》か？」

突然《とつぜん》名前を呼ばれて、俺はびくりと肩《かた》を揺《ゆ》らした。

この声……。

少し低めでぶっきらぼう。哲史の声に似ているけど、そうじゃない。

まさか、と思いつつ俺は声のしたほうを振《ふ》り返った。

――うそだろ……？

どん、と内側から心臓が叩《たた》かれたみたいだった。

「……慶吾《けいご》」

名前を口にした途《と》端《たん》唇《くちびる》が震《ふる》えて、俺はぎゅっと口元に力を入れる。

視線の先に立っていたのは、高校時代の同級生。鳴海《なるみ》慶吾だった。

また身長が伸《の》びたみたいだし、卒業時よりずっと大人になっていたけれど、間違《まちが》いない。

——間違える、わけがない。

そう思った瞬間《しゅんかん》、胸の奥で凍《こお》ったままだった恋心《こいごころ》が、レンジにかけられたみたいに解凍《かいとう》されるのがわかった。

「久《ひさ》し振《ぶ》りだな」

懐《なつ》かしいという口調ではなく、どこか皮肉気な声を慶吾らしい、と思う。

そう、この声だ。

この、表情だ。

解凍されたばかりの恋心がざわめいて、胸が苦しくなる。

簡単で単純な自分の心にとまどいと自己嫌悪《けんお》を感じつつ、それをなんとか押し隠《かく》して俺は笑《え》顔《がお》を作った。

「ああ。四年——いや、もう五年振りか？」

できるだけなんでもない風に、ただ単に昔の知り合いに会ったという態度で、と自分に言い聞かせながらそう口にする。

けれど、元気そうだな、と言おうとして俺は思わず口ごもった。

なんとなく、慶吾の顔色が悪い気がして……。

「お前、ひょっとして具合でも悪いのか？」

思わずそう口にしてしまった俺を、慶吾が睨《にら》む。

「だったらなんだ？」

「なんだっていうか、さっさと帰って寝るか病院へ行ったほうがいいんじゃないか？　あ、ひょっとして薬買いに来たのか？」

ようやくここがドラッグストアだったことを思い出してそう訊《き》くと、慶吾はわざとらしくため息をついた。

「相変わらずおせっかいなやつだな」

「……悪かったな」

むっとして俺は慶吾を睨む。外見は変わったけど、どうやら中身はほとんど変わっていないらしい。

わがままで口が悪く、世話がかかって……なのにすぐ人をおせっかいだとこき下ろすやつだった。

「俺がおせっかいなの知ってて声かけたみたいだから言うけど、本当に体調が悪いならふらふらしてないで、さっさと帰ってなんか食って、薬飲んで寝てろよ」

言いながら、昔から体調管理の甘いやつだったことも思い出す。

多分、食に対する欲求《よっきゅう》が希薄《きはく》なんだろう。腹を減らして倒《たお》れたり、栄養不足プラス睡眠不足《すいみんぶそく》で風邪《かぜ》を引いたりってことがしょっちゅうあった。

高校時代は見舞《みま》いに行っては、こき使われたものだ。それでも、そんなのがうれしかったんだから、俺は本当にバカだったと思う。

いいように使われてるのを、頼《たよ》られてるとか甘えられてるとか脳内変換《へんかん》して、自己満足に浸《ひた》っていた。

なのに、バカだったと思いながらも、こんな風に具合悪そうな顔を見たら一言《ひとこと》言わずにいられないとか、自分でも救いようがないなと思う。

慶吾は俺の言葉にパチリと瞬《しばた》いたあと、小さく声を立てて笑った。それから小ばかにしたような表情になる。

「本当に変わってないな。俺にそんな口をきくのはお前ぐらいだぞ」

その言葉に、ちくりとした痛みと不快感を覚えて、俺は眉を顰めた。

確かに傲岸不遜《ごうがんふそん》で、今となっては名前の知られた作家として活躍《かつやく》中の慶吾に命令するような人間は少ないいんだろう。

けど……。

「嘘《うそ》つけ。神原《かんばら》がいるだろ」

「咲紀《さき》？――ああ、確かにあいつも似たとこあるかもな」

慶吾は少し考えるような顔になったあと、そう頷《うなず》いた。

……咲紀、か。

その名前に、ぎゅっと胸の中が捩《よ》れる。

あの頃《ころ》も今も、慶吾には神原がいて、俺はただのおせっかいな友人に過ぎないのだ。

わかっていても、突然の再会にざわめいてしまった心が恨《うら》めしい。

「とにかく、さっさと帰れよ」

俺はそれだけ言うと、今度こそレジに向かおうとした。

けれど、そんな俺をまたしても慶吾の声が引き止める。

「待てよ。お前今どこに住んでるんだ？　この近くなのか？」

「……なんで、そんなこと訊くんだよ？」

「いいから答えろよ」

何がいいんだと思いながらも、俺はしぶしぶ頷いた。

惚《ほ》れた弱みって、こういうのを言うんだろう。

どんなに望みがないとわかっていても、興味を持たれればうれしくなってしまう。そういう意味で好かれることなどないとわかっていても、少しでも好感を持ってほしくなる。

「このあたりっていうか、駅の向こうだけど」

「ふぅん」

お前こそこの辺に住んでいるのかと訊きたかったけれど、聞いてしまったらこれからずっと気にしてしまいそうだと考えて、思いとどまった。

「あ、あと携帯《けいたい》の番号教えろよ」

「え？」

言いながら慶吾は携帯電話を取り出し、そのままパチリと開く。

確かに、高校のときに使っていた携帯は、大学に入る直前に解約し、番号も変えてしまった。

けれど、どうして慶吾は、俺が携帯の番号を変えたことを知ってるんだろう？

――ひょっとして、一度くらいは、前の番号にかけてくれたのだろうか？

ちらりとそんな考えが脳裏《のうり》を過《よ》ぎって、俺はすぐにその考えを打ち消した。

悪い癖《くせ》だと思う。勝手に期待して、勝手に裏切られたって傷ついて。そんなの相手にも迷惑《めいわく》だし、自分も疲《つか》れるだけなのに……。

「明人、さっさとしろよ」

「あ、うん」

促《うなが》されて、反射的に頷いた。

本当は教えたくない。教えたら、かかってくるかもしれないと、また無駄《むだ》な期待をしてしまうに決まっている。

けれど、断る理由も見つけられなくて、結局俺は慶吾に新しい番号を教えてしまったのだった。

ががが、っという不快な音が耳に届いて、俺ははっと目を覚ました。

音の正体は、フローリングに直接置いていた携帯電話だ。

アラームを解除し忘れたのかと一瞬《いっしゅん》思ったけれど、携帯の表面に着信を知らせるライトが浮《う》かんでいるのに気付いてどきりとする。

けれど、パチリとフリップを開けると、そこに表示されていたのは別れたはずの恋人《こいびと》の名前だった。

「……なんだ、哲史か」

ついでに時計を見ると、まだ午前九時台である。昨日から学校が年度末休み——いわゆる春休みになり、俺も今日から連休を取ったから、昼まで寝《ね》ようと思っていたのに……。

——別れ話がこじれてから一週間。

俺的には別れ話もしたし、もう終わった話なんだけど、哲史のほうは納得《なっとく》がいかないらしく、未《いま》だにこうして着信がある。

でも、俺はもう会う気もないし、よりを戻《もど》すなんて気にもなれそうにない。

「大体、浮気《うわき》したほうが納得いかないって、図々《ずうずう》しくないか？」

寝起《ねお》きのかすれた声で呟《つぶや》いたのは、少しだけ後ろめたい気持ちがあったからだ。

浮気を許すのは哲史を付け上がらせるだけでもういやだし、別れ話をあんな方法でうやむやにしようとしたのも気に入らない。それは本当。

けれど、よりを戻す気になれない一番の理由は……。

そんなことを考えているうちに、鳴動がやむ。

俺は少し迷ってから、哲史の番号を着信拒否《きょひ》に設定した。

悪いような気もしたけれど、結局出ないなら一緒《いっしょ》だし、着拒されているとわかれば哲史もいい加減あきらめるだろう。

「……浮気相手と上手《うま》くやればいいんだよ」

女も好きになれるんなら、さっさと結婚《けっこん》でもなんでもして幸せになればいい。

男の俺じゃ、結局女には敵《かな》わない。

そんなの、もうずっと前からわかっていたことだ。

ずっと前――――五年も前から……。

そう考えた途端《とたん》脳裏に浮かんだのは、つい先日再会した慶吾の顔だ。

高校のときより精悍《せいかん》になった顔。

インタビュー記事なんかで、時折目にすることはあったけど、直接見ることはもう二度とないだろうと思っていたのに……。

俺と慶吾が出会ったのは、高校一年のときだった。

同じクラスなのに、まるで新入生に見えなくて、やたら目立っていたのを覚えている。

とはいえ、その時点では話をするような仲にはならなかった。

きっかけは、図書館だった。

俺の家の近くには市立図書館があって、俺はよくそこを利用していた。

うちの高校は、図書室はあったものの、あまり広くないそこは置いてある本の数も充実《じゅうじつ》しているとは言い難《がた》かったから。

慶吾がそこに来ていたのも、きっと同じような理由だろう。

最初にそこで慶吾を見かけたときは、びっくりした。慶吾は読書が好きなタイプに見えなかったから。

けどすぐに、好きな本の系統が同じであることに気付いて、思わず声をかけてしまった。

そのあと偶然《ぐうぜん》、慶吾が小説を書いていることを知って、誰《だれ》にも言わないという約束で読ませてもらったりして……。

教室ではどちらかと言ったら無口な慶吾が、本のことではよく話すのだということや、書いている小説は人となりからは信じられないほどやさしいのだということ。

二年に上がる頃には、それを自分だけが知っているのだという、子どもっぽい優越《ゆうえつ》と独占欲《どくせんよく》を覚えていた。

――……その頃にはもう、好きになっていたんだと思う。

俺は昔から自分が、ほかの友達のようには女の子に興味が持てないことに気付いていたし、うすうす自分の性癖《せいへき》を自覚していたから、驚《おどろ》きはしたけれど戸惑《とまど》いはあまりなかった。

慶吾を好きになってしまった、自分の趣味《しゅみ》の悪さにはがっくりしたけど。

そんなこんなで、俺が人生で初めて春を別れの季節だと意識したのは、高校三年の卒業間際《まぎわ》だった。

その頃俺は、進路についての悩《なや》みと恋《こい》の悩みがごっちゃになって、毎日そのことで悩んでばかりいた。

慶吾のことが好きで、面倒《めんどう》を見るのも全く苦にならなかったけれど、このまま好きでいてもいいのか、離《はな》れて別の恋を探すべきなんじゃないかと思ったり、やっぱり離れたくないと思ったり……。離れるならば、大学進学が絶好の機会であることは間違《まちが》いなかった。

多分、先行きのない恋に、疲れている部分があったんだと思う。

その上、冬休みが終わり自主登校になるちょっと前くらいから、慶吾はあまり俺に連絡《れんらく》をよこさなくなっていた。

慶吾はその頃にはもう売れっ子高校生作家として有名になってたし、推薦《すいせん》で大学も決まっていたから、俺は単純に、受験シーズンになってさすがの慶吾も気を遣《つか》ってくれているのかも、なんて思っていたんだけど……。

そうじゃなかったと俺が知ったのは、二次試験の帰りだった。

たまたま同じ大学を受けた友人が何人かいて、それが最後の試験日程だった三人で、打ち上げと称《しょう》して遊びに行ったのである。

そのとき初めて、俺は慶吾が高校卒業と同時に、幼馴染《おさななじ》みの神原咲紀と同棲《どうせい》を始めるという話を聞いた。

「う…っそだろ」

絶句した俺の代わりに、その場にいたもう一人の友人が突《つ》っ込む。

俺はといえば、たった今聞いたばかりの話が信じられず、完全にフリーズしてしまっていた。

だって、慶吾と神原が、同棲なんて……。

「マジだって！」

けれど、その話を出したクラスメイトは、はっきりとそう言うと、根拠《こんきょ》となる事柄《ことがら》を話し始めた。

「俺の従姉妹《いとこ》の姉ちゃんが不動産屋で働いてんだけどさ、そこに鳴海がきて、マンション買うって相談してったんだって。女連れで」

「はぁ？　マンション？」

「マンションって……」

意外な話に、俺はますます驚いて目を瞠《みは》る。

慶吾の家は地元だし、慶吾が行く予定の大学も自宅から通える距離《きより》だったはずだ。

「ワンルームとかじゃなくて、3LDKでしかも、二人で住むっていう話でさ」

この辺は田舎《いなか》だから、都会に比べたらマンションも安いとはいえ、普通《ふつう》は高校生がする買い物では当然ない。

まぁ、進学にあわせて親が買ってくれるっていう家庭もあるかもしれないけど、慶吾がそんなことで親に頼《たよ》るとは思えないし、同棲するという名目のマンションにお金を出してくれるタイプの親じゃなかったと思う。

「へー……。つかなんで、お前の従姉妹が鳴海を知ってんだよ？」

「作家だからだろ。ファンなんだってさ」

そう言われてしまえば、慶吾は雑誌とかにも顔を出しているし、納得するしかない。

「け、けど、相手が神原とは限んないだろ？」

俺がそう言うと、もう一人のクラスメイトも、そうだよなぁと相槌《あいづち》を打った。

「でも、一緒にいた女子っていうのが、聞く限りは神原にそっくりなんだよ。黒髪《くろかみ》ストレートで、すげー美人で、モデルみたいに背が高くてスタイルよくて。鳴海と並んでてそんな形容されんのって、神原ぐらいだろ？」

……確かにそうだ。

慶吾は別にスポーツをやってるわけでもないし、栄養状態だって微妙《びみょう》なくせに百七十後半の長身で、普通の女の子なら小さく見える。

それに、顔も嫌味《いやみ》なくらい整ってるから、神原くらいの美少女じゃなかったら、正直かすんで見えると思う。——惚《ほ》れた欲目《よくめ》を引いても。

すると今度は、さっきまで疑り半分だったはずのクラスメイトが、そう言えばこの前駅前のドーナツショップに二人でいるのを見た、と言い出した。

「やっぱ、あの二人って付き合ってんだなぁ。二人とも推薦で決まってるんだっけ？」

「慶吾は決まってるけど……神原は知らない」

訊《き》かれて俺は、ふるりと頭《かぶり》を振《ふ》る。

なんか、頭の中がぐちゃぐちゃになっていた。

慶吾がマンション？　神原と同棲？

——二人が、付き合ってる……？

まさに、全《すべ》てが青天《せいてん》の霹靂《へきれき》だった。

確かに慶吾と神原は仲がいいけど、俺が聞く限り神原は慶吾となんて絶対無理、幼馴染みとしか思えないって言っていたのに……。

あれは、照れ隠《かく》しだったんだろうか？

「二見《ふたみ》、なんか聞いてねーの？　あいつと仲いいだろ？」

「……聞いてない」

再度頭を振った俺に、二人がメールしてみろと言い出して、俺は断りきれずにその場で慶吾にメールを打った。

『お前、同棲するためにマンション買ったってホント？』

質問だけの簡単な文面。

返信はしばらくなくて、三十分ほどしてそろそろ店を出ようって頃《ころ》になってようやく届いた。

『本当。』

それだけだったけど……――それだけで十分だった。


結局、俺が受験勉強に打ち込んでいる間に、二人は恋人《こいびと》同士になっていて、連絡がなかったのもそのせいだったんだろう。

ショックだった。慶吾と神原が付き合っていたことも、慶吾がそれを自分に教えてくれなかったことも。――同棲だなんて……そんな大事なことを、打ち明けてもらえなかったことも。

幸いだったのは、受験があの日で終わっていたことだろう。

もし、受験日前だったら、俺は絶対浪人《ろうにん》していたと思う。そしたら、進学を言い訳に地元を離れることも叶《かな》わなかったはずだ。

あのあと俺は慶吾には何も言わずに、都内の大学に進学した。第一志望だったはずの、慶吾と同じ地元の大学に行く気にはとてもじゃないけどなれなかったから……。

そんなことで、進路変更《へんこう》なんてばかげていると思われるかもしれないけど、あのときはそうするしかないと思ったし、就職も結局、都内で決めた。私立高校の国語科教師だ。

俺は自分が結婚《けっこん》することはないとわかっていたし、将来のことを考えると田舎には戻《もど》らないほうがいいと思ったっていうのもある。

教師は元から目指していた職業だし、後悔《こうかい》は全くない。

全くない……けど。

「なんで、慶吾がこっちにいるんだろ……」

地元でならともかく、まさかこっちで再会するなんて、思ってもみなかった。

仕事で都内に出て来るっていうのはよくある話かもしんないけど、慶吾は小説家だ。高校時代の仕事振《ぶ》りを見ていた限りでは、地元でも十分問題なさそうだったのに。

それに、あのとき買ったマンションはどうしたんだろう？

神原は……どうしたんだろう？

ひょっとして、別れたんだろうか……？

そんなことを思いつつ、ため息をついたときだった。

「うわっ」

突然《とつぜん》手の中で携帯《けいたい》が震《ふる》え始めて、俺はぎょっとして携帯を見つめる。開くと名前ではなく、携帯の番号が表示されていた。

「この番号……」

登録していなくてもわかる。

それは高校時代から変わらない、慶吾の携帯番号だった。


「どうして来ちゃったんだろ……」

先日慶吾と再会したドラッグストアから五分ほどの場所にある、高そうなマンションの前で、俺は深いため息をこぼす。

慶吾からの電話は、体調が悪いから見舞《みま》いに来いという内容だった。

もちろん断ろうと思ったし、実際一度は断ったけど、いいからさっさと来い、の一言で電話を切られて、直後に地図情報のＵＲＬと部屋番号がメールで送られてきた。

番号を赤外線で送ったときに、メアドも一緒《いっしょ》に送っちゃったんだよな。

それでも、無視しようと思えばできたんだけど……。

電話の声がかすれていて、本当に苦しそうだったのが気になって、結局ここまで来てしまった。

「もう、あいつに振り回されるのはごめんだと思ってたのにな……」

でもこれで後日『鳴海慶吾自宅で孤独死《こどくし》！』とか報道されたら、さすがに寝覚《ねざ》めが悪い。俺に来いっていうくらいだから、一人暮らしなんだろうし……。

俺は仕方がないともう一度ため息をついて、マンションのエントランスに入り、インターフォンのボタンを押した。

『――――はい』
プ、と小さく機械音がしたあと、慶吾の声が聞こえてくる。
「あ……あの、俺」

おそらくカメラで顔も見えているのだろう。ほとんど何もしゃべらないうちに、集合玄関《げんかん》のドアが開いた。

俺はドアが閉まらないうちにと、慌《あわ》ててその場を離《はな》れ自動ドアを潜《くぐ》る。

そして、管理人――というか、コンシェルジュ？　のいる、ホテルかと思うようなエントランスを抜《ぬ》けて、エレベータで八階へと向かった。

802号室が慶吾の部屋のはずだ。

エレベータを降りると廊下《ろうか》が左右に伸《の》びていた。離れた位置にドアが二つ見える。どうやらこのフロアには、部屋が二つしかないらしい。

並びからするとこっちが2かな……と思いつつ右手側に向かうと、やはりドアには802とプレートがついていた。

緊張《きんちょう》でどくどくと、心臓が鳴る。それをちょっとでも押さえようと、俺は何度か深呼吸をしてインターフォンのボタンに指を伸ばした。

「……………よし」

覚悟《かくご》を決めて、押す。

とにかく慶吾が出てきたら、そんなに具合が悪いなら病院へ行けって言おう。

そんなことを考えつつ、ドアをじっと見つめる。

けれど。

「………………あれ？」

しばらく待ってもなんの返答もない。

俺はもう一度ドアのプレートを確かめ、それから今度は携帯に送られてきたメールを確認《かくにん》した。

どちらも802で間違《まちが》いない。

というか、さっきエントランスでも802を呼び出したのだから、間違っているはずもない。

恐《おそ》る恐る、もう一度インターフォンのボタンを押す。

耳を澄《す》ますと、遠くでかすかにピンポンと音が聞こえたので、インターフォンが壊《こわ》れているわけでもなさそうだ。

「………まさか」

中で倒《たお》れているんじゃ……！

さっと、血の気が引いたそのときだった。

何か硬《かた》いものが倒れるような音がして、それから鍵《かぎ》の開く音が響《ひび》く。

ドアが開いて、隙間《すきま》から慶吾が姿を現した。どうやら倒れていたわけではなかったらしい。

「来るのがおせぇんだよ……」

ほっとした俺の耳に届いた第一声は、それだった。

「はぁ？　急に呼び出しといて、なんだよその言い方！」

思わずそう言い返したけれど、すぐに慶吾の状態が尋常《じんじょう》でないことに気付く。

なんとなく斜《なな》めだし、まるで立っているのがやっとという風情《ふぜい》だった。

「おい、お前、大丈夫《だいじょうぶ》なのか？」

「大丈夫に見えるのか？」

言いながら、慶吾が体を引く。中に入れということなのだろうと判断して、ドアに手をかけ

た瞬間《しゅんかん》。

「っ……慶吾！」

ぐらりと慶吾の上体が傾《かし》いで、玄関脇《げんかんわき》の壁《かべ》に寄りかかり、そのままずるずると崩《くず》れ落ちた。

俺は慌てて慶吾の顔を覗《のぞ》き込む。

「慶吾！　慶吾っ！」

名前を呼ぶが、全く反応がない。

どうやら意識を失ってしまったらしい。

「慶吾っ、嘘《うそ》だろ……。どうしよう……」

呟《つぶや》いてから、すぐに呆然《ぼうぜん》としている場合じゃない、と思う。

俺は急いで手に持ったままだった携帯を開くと、一一九を呼び出した。

『はい、消防庁。火事ですか？　救急ですか？』

「あっ、すみません、あの、救急車を……」

一瞬《いっしゅん》住所がわかんなくてまごついたけど、ここは勤め先の高校の目と鼻の先だ。すぐ近くにある駅の名前と学校名、マンション名を告げ、なんとか説明する。

そうしながら慶吾の体を探《さぐ》り、呼吸も脈もあるが意識だけがないこと、わずかに熱があるようだが高熱ではないことなども伝える。

消防署が近かったせいもあり、救急車は思った以上に早く到着《とうちゃく》した。

慶吾が一人暮らしであることと、自分が友人であることを告げて、救急隊員と一緒に救急車へと乗り込む。

そして、救急車のドアが閉まったそのときだった。

「う……」

慶吾の口から小さなうめき声が聞こえて、俺は思わず顔を覗き込んだ。

「慶吾？　慶吾！」

「……あき、と…？」

ゆっくりと慶吾の目が開き、俺を見つめる。

「そうだよ！」

意識が戻《もど》ったことに、俺は感激して泣きそうになった。よかった！　と心から思う。

そんな俺の顔に慶吾がそっと手を伸ばし、触《ふ》れる。

俺はその手に自分の手を重ねた。

「よかった……目が覚めて」

「……明人……？」

「うん」

「……好きだ」

「うん。…………。うん？」

反射的に頷《うなず》いてから、俺はパチリと瞬《しばた》いた。

今、なんて言った？

「好きだ。明人……」

まるで俺の心の声が聞こえたかのように、慶吾がかすれた声で繰《く》り返す。

その言葉が脳に届いた途端《とたん》、すごい勢いで顔が熱くなった。

「け、慶吾、お前、一体何を……」

わたわたと慌てふためいてから、ここが救急車の中だったことに気付く。

「こんなときに悪ふざけすんなよ！」

恥《は》ずかしさに、ますます頬《ほお》が火照《ほて》ってくる。

なのに、慶吾はまるで本当にそう思っているみたいに、俺を真っ直《す》ぐに見つめてきた。その目は、どこかぼんやりしてるのに、なぜか揺《ゆ》らぎなくて……。

「……お前は？」

訊《き》かれて、どきりと心臓が鳴る。

「そ、そりゃ、少しは好きっていうか、嫌《きら》いなわけじゃ、ないけど」

その視線に押されたように、言葉がこぼれた。

嫌いなわけがない。

むしろずっと、ずっと好きだった。

けれど、なんでそんなこと——と思ってから、ようやく救急隊員の前で何を言うのかとうろたえる。

けれど、どう思われただろう、言い訳するべきだろうかと、恐る恐る顔を上げると、救急隊員は予想外に深刻な顔つきになっていた。

男同士の恋愛《れんあい》事情を見せられたからか？

一瞬そんなことを思ったけれど——事態はそんな単純なものではなかったのである。

「うーん、検査の結果、彼の病名はＩＰＳ……『インプリンティングシンドローム』で間違いないですね。君、一目《ひとめ》惚《ぼ》れされちゃったでしょ？」

「は？」

俺は、相手の口からこぼれた言葉にぱちぱちと瞬いた。

ここは、救急車が到着した先の病院の診察《しんさつ》室である。

俺は患者《かんじゃ》でもなければ患者の家族でもないのに、医者に言われて検査結果が出るのを待たされていた。

ちなみに、患者である慶吾自身は現在隣《となり》の部屋で眠《ねむ》っている。いや、薬で眠らされている、と言うべきか。

それまで、恥ずかしいくらい俺にぴったり張り付いていて、検査にならないからと鎮静剤《ちんせいざい》を打たれたのである。

そして、その検査の結果が――――。

「インプリンティングシンドローム、ですか?」

「そう、インプリンティングシンドローム。通称《つうしょう》『IPS』……って言っても、あんまり知られてない病気なんだけどね」

言葉自体は、インプリンティングもシンドロームも聞いたことがある。日本語にすると『刷り込み症候群《しょうこうぐん》』というところか。

っていうか、一目惚れされちゃったでしょって、なんだよ?

それじゃまるで……。

「ちょ……っと待ってください。ええと、なんかよくわかんないんですけど、ひょっとして、慶吾のあの状態は病気のせいだって言ってます?」

あの状態、というのはもちろん、俺にべったりと引っ付いていた状態のことである。

「ええ、言ってます」

俺の目の前でにこりと微笑《ほほえ》んだ相手は、そのまま「いやー、理解が早くて助かります」と口にした。

病状を説明しているにしては軽すぎる口調と、何がそんなに楽しいのかと突《つ》っ込みたくなるような笑顔《えがお》に、この人は本当に医者なのか？　という疑問が浮《う》かぶ。

けれど、ここは紛《まぎ》れもなく病院の診察室だし、相手は医者然とした白衣姿だった。

胸ポケットに留められたネームプレートには、藤田《ふじた》、と名前が刻まれている。

けれど、その藤田先生の顔がそこそこいいことも手伝って、医療《いりょう》ドラマの中に放り込まれているんじゃないかっていう気がしてきた。

だとしたら、ここが診察室に見えることも、相手が医者の格好をしていることも、おかしな病名にも納得《なっとく》がいく――――と思う。多分。

けれど、相手はともかく俺はあくまで一般人《いっぱんじん》。どこにでもいる一介《いっかい》の高校教師である。突然《とつぜん》ドラマに出演する理由なんてどこにもない。

それに、慶吾のあの告白は、確かに正気とは思えなかったし……。

って、こんな突拍子《とっぴょうし》もないことを考えてしまうなんて、どうやら俺は相当動揺《どうよう》しているらしい。

でも、慶吾が倒《たお》れてから今までのことだけでも許容量ぎりぎりだったのに、ＩＰＳなんてよくわかんない病名出されて、一目惚れされたのはその病気のせいだなんていわれたら、動揺しないほうがおかしいだろう。

「――――まだ納得したわけじゃないですけど、とりあえず全部説明してもらっていいです少しでも気を落ち着かせようと、俺は一度深呼吸をし、そう言って藤田先生を促《うなが》す。

「はいはい。じゃ、続けますね」

藤田先生は相変わらずの軽い口調でそう言ったあと、またにこりと微笑んだ。腹に一物も二物も抱《かか》えていますって言ってるような胡散臭《うさんくさ》い笑顔だ。

こんなんで、この人は医者としてまともにやっていけてるのかと、他人事《ひとごと》ながら心配になる。

「えーっと、二見さんは扁桃体《へんとう》って聞いたことありますか？」

「扁桃体？——どこかで聞いたような気もしますけど……」

どこでだろう？

考え込む俺に、藤田先生が説明してくれる。

「扁桃体は脳の中にあって……アーモンドのような形をしているので、アーモンドの和名である『扁桃』という名前がついています」

「はぁ」

脳、といわれてもいまいちぴんと来ない。

やっぱり、聞いたことがあると思ったのは気のせいかもしれない。俺は文系で、医学的なことは全然わからないし……。

「ここは簡単に言うと人の好みを司《つかさど》る部分で、人の好みはここで三歳までに決定されると言わか？」

れています」

「三歳、ですか……」

それじゃあ、俺がゲイになるのも、それまでに決まっていたのだろうか、なんてちらりと思う。

もちろん、口には出さなかったけれど。

「早いですよねぇ。でもよく、三つ子の魂《たましい》百までとか、言うでしょう？　娘《むすめ》は父親に似た男と結婚《けっこん》する、なんて言ったりもしますけど、あれも三歳までに近くにいた男性が、多くの場合父親であることを考えれば、おかしなことではないんですよね」

「はぁ……なるほど」

そう言われればそういうものなのかもしれない。

まぁ、俺は娘じゃないからよくわからないけど、確かに三歳までっていったら一番身近な人間は両親である場合が多いだろうし、それまでに好みが決まるなら影響《えいきょう》があって当然だろう。

そこまで考えてようやく俺は、自分がどこで『扁桃体』という言葉を耳にしたのかを思い出した。

おそらく大学時代に取った、心理学の講義内だ。

最初の講義で、ハートには心以外に心臓という意味があるけど、現代では心は心臓ではなくて脳にあると考えられている、というようなことを言っていた気がする。多分その絡《から》みで脳の構造について説明があったんだろう。

「それで、その『扁桃体』が病気に関係しているんですか？」

興味深い話ではあるけれど、今聞きたいのはそういうちょっとためになる話じゃなくて、慶吾の病気の話だ。

「あ、そうそう。そうなんです」

「…………」

しっかりしてくれよ、と言いたくなるのをぐっと堪《こら》えて、俺は藤田先生の笑顔をじっと見つめる。

「つまり、インプリンティングシンドローム――IPSというのは、この『扁桃体』に、刷り込みが起こる病気なんです」

なるほど、病名の『インプリンティング』というのはそこからきているのか。

などと、敢《あ》えてのんきなことを考えてしまったのは、なんとなく話の流れが読めてきて、そこから思考を逸《そ》らしたかったからである。

――いやな予感がする。

それも、なんかとてつもなくいやな予感である。

「そして、その刷り込みの対象になるのは、発作《ほっき》後最初に目の合った人物です。つまり」

「……つまり？」

「君です」

にっこり、と微笑まれて俺はがっくりと肩《かた》を落とした。

……ああ、やっぱり。

読めないはずがないだろう。さっき、藤田先生が俺に言ったじゃないか。

——君、一目惚《ひとめぼ》れされちゃったでしょ？

って。

「それで、最初に確認《かくにん》しておきたいんですが、鳴海さんと君はご友人なんですか？」

うなだれていた俺は、藤田先生が口にした、友人という言葉に思わず顔を顰《しか》めた。

友人……と言えるんだろうか？

「高校時代のクラスメイトで、最近再会したという程度です」

少し迷って、俺はそんな風に答えた。

高校時代ならばともかく、卒業以来一度も連絡《れんらく》を取らなかった相手を『友達』だなんて言えないだろう。

第一、高校時代だって、自分の気持ちは純粋《じゅんすい》な友情などから程遠《ほど》かった。

「再会した、ということは現在の生活圏《けん》が近いとか、そんな感じですか？」、

「ええ、まぁ」

駅を挟《はさ》んで逆側に住んでいるといっても、最寄《もよ》り駅が一緒《いっしょ》なんだし、近いと言えるだろう。

俺の答えに、藤田先生はふんふんと頷《うなず》く。

「お仕事は、高校教諭《きょうゆ》ということでしたけど、今日はお休みですか？」

「あ、はい。ちょうど今日から一週間有休をとっていて」

「ああ、そうなんですか。それはちょうどよかった」

ちょうどよかった？

「……俺のことが、何か関係あるんですか？」

問われるままに答えていた俺は、再度いやな予感を覚えてそう問い返した。

「もちろんありますよ」

藤田先生は、俺の言葉に当然と言うように頷き、にこにこと微笑む。

「患者《かんじゃ》は対象が近くにいないと、恐慌《きょうこう》状態になりますから。症状《しょうじょう》が緩和《かんわ》するまで、同居は必須《ひっす》です」

「はぁ、同居……。――同居っ!?」

あっさり告げられて、俺はぎょっとして目を瞠《みは》った。

「そ、そんなの困りますっ」

「うん、まぁ、困りますよね」

すぐさま言い返した俺に、藤田先生はうんうんと頷く。

「そうですよっ」

同意が得られたことにほっとして、俺は勢い込んで頷き返したんだけど。

「けど、そうしないと鳴海さんは恐慌状態から非人道的な行為《こうい》に走って社会的に困ったことになったり、ショック症状を起こして昏倒《こんとう》したりしちゃうんですよね」

「………」

そのまま続けられた言葉に、思わず絶句した。

非人道的とか、ショック症状とか、当たり前のように言われても……。

藤田先生は何も言わない俺の反応をどう思ったのか、困ったように苦笑《くしょう》した。

今までの胡散臭い笑顔《えがお》とは違《ちが》うその表情に、今言ったことは本当のことなんだ、とわかってしまう。

「まぁ、命には別状はないですが、相当辛《つら》いようです。病気だと気付かずにストーカー行為に走った挙げ句訴《うった》えられそうになったり、周囲に引き離《はな》されて昏倒したりして、ようやくIPSだと発覚するケースも、未《いま》だにありますしね。どうです？　同居を承諾《しょうだく》していただけませんか？」

「そんなこと言われても……」

ストーカーとか、昏倒とか……俺だって慶吾をそんな目にあわせたいわけじゃない。

でも、俺と慶吾が同居？

そんなの問題が多すぎる。それにいくら治療《ちりょう》のためだって言っても、慶吾だって納得《なっとく》しないだろう。

少なくとも、俺の知ってる慶吾は一人でいる時間を大切にしていたし、五年振《ぶ》りに会った元友人と同居なんて、絶対に承服しないはずだ。

昔も、教室ではクラスメイトに囲まれていたけど、近寄りがたく一人のときも多かったし、家に呼んだり呼ばれたりっていう相手は俺しかいなかった。

その頃《ころ》の俺はそこに入って行けるのは俺だけだと思っていて、それが一番仲のいい友人というポジションのおかげだと思うとうれしくて、ときどきは苦しくて……。

でも本当は、それは俺だけのものじゃなくて、もっとずっと近い相手がいたわけだけど。

そう、考えて俺ははっとする。

「そんなの慶吾も、慶吾の恋人《こいびと》も、納得しないと思います」

「恋人？　恋人がいらっしゃるんですか？」

「……いえ、本人に聞いたわけじゃないですけど」

きょとんとした顔をされて、俺は曖昧《あいまい》に答える。

結局、慶吾が引っ越《こ》してきた理由も、引っ越したあとも神原と続いているのかも聞いていないのでよくわからないっていうのが本音だった。

それでも、マンションまで買って同棲《どうせい》していた相手と、そんな簡単に別れたとは思えない。

「うーん、もしいるならその人とも連絡を取ったほうがいいですね。誤解を招く恐《おそ》れがありますし。けど、病気のためだとわかれば、納得しないということはないと思いますよ。幸い二見さんは同性ですし。対象が恋人以外の異性の場合、病気の間に振《ふ》られちゃうことが多いんですけどねー」

あはは、と笑われて、笑いごとかと呆《あき》れてしまう。

けれど、同性だしという言葉にわずかに胸の痛みを覚えつつ、それもそうかと思う。神原と今も続いているかはわからないけど、とにかく慶吾の恋人からしたら俺が女だった場合に比べて、抵抗《ていこう》はぐっと弱まるだろう。

藤田先生だって、俺が同性だからあっさり同居しろなんて言ってきたんだろうし。

「あと、鳴海さんも納得しないと言うことでしたけど、こちらは全く問題ありません。彼は二見さんのことが好きなんです。しかも、片時も離れたくないと思うほどにね。さっきの状況《じょうきょう》を思い出してください」

そう言われれば、確かにさっきまでの慶吾は俺から離れようとしなかったけど……。

「でも、そんなの……」

「そういう病気なんです」

「………」

つまり、問題にしているのは俺だけってことか。

好きな相手──しかも病気で自分を好きになっている相手との同居なんて、拷問《ごうもん》に等しいと思う。

けれど本当にそれしか方法がないというなら……。

「――――IPSについて、もっと詳《くわ》しいことを教えてください」

しぶしぶそう切り出した俺に、藤田先生はにこりと胡散臭《うさんくさ》い笑みを浮《う》かべたのだった……。

「明人。腹減った」

「……あー、はいはい」

慶吾のマンションのリビング。

多分二十畳《じょう》以上あると思われるだだっ広いそこで、ぎゅっと俺を背後から抱《だ》きしめてソファに座っている慶吾に、俺はなんともいえない複雑な気分で相槌《あいづち》を打った。

藤田先生は発作《ほっさ》後でもない限り、べったりくっついてなくても同じ家にいる程度で問題ないとか言ってたのに、一向に離れる気配がない。

とはいえ、ここで藤田先生を罵《ののし》っていてもしょうがないよな。

「なんか作るか……」

俺がここを訪ねてきたのは昼時で、現在はもう午後四時を回っているというのに、何も食べていない。慶吾もそれは同じだろうから、空腹になるのも当然だろう。

――あのあと、結局俺は慶吾との同居を受け入れることにして、目を覚ました慶吾と一緒にこうして慶吾の住むマンションへときていた。

それしか方法がないと言われてしまえば、やっぱり拒否《きょひ》することはできなかったから。そして、俺のマンションではなく、慶吾のマンションにしたのは、単純に広さの問題だった。

俺の部屋は、単身者用の平均的な1DKで、男が二人で暮らすにはかなり狭《せま》い。

それに引き換《か》え、慶吾の部屋は2LDK。しかも実際来てみたら一部屋一部屋が、なんで一人で暮らすのにこんなにスペースが必要なのかと首を捻《ひね》りたくなる広さだった。

本当は生活圏内《けんない》から離れた場所に行きたいくらいだったけど、そんな余分な金はないし、休み中とはいえ、突然《とつぜん》学校側から呼び出しがかかる場合もある。――そのことを考えるとまた頭が痛いんだけど。

俺の有休は一週間なんだし、その後のことも考えると結局はここに住むというのが一番建設的だろう。

藤田先生が言うには、こんなにべったり一緒《いっしょ》にいなければならないのは最初だけで、徐々《じょじょ》にましになるらしく、順調に行けば、有休が終わる頃には仕事に行くのも可能らしい。

順調に行けばっていうのは、この病気は完治までの期間に個人差がかなりあり、それは患者の年齢《ねんれい》などとは関係ないので、予測しづらいのだという。

……一生治らない場合もあると聞いたとき、ほんの少しも期待しなかったと言ったら嘘《うそ》になる。もちろんすぐに打ち消したけど。

だって、いつ治ってしまうかとびくびくしながらずっと生活するなんて、そんなの結局は辛くなるだけだ。

なんて、つい考え込んでしまった俺は、一つため息をついて気分を切り替《か》える。

とにかく、悩《なや》んでいても仕方がない。もう完治まで付き合うって決めたんだから。

リハビリ後の入院を入れて最短でも二週間、平均して三週間から一ヶ月で完治するらしいし、そのつもりでがんばろう、と思う。

「ほら、手を離せよ」

「いやだ」

「いっ、いやだって……」

ぎゅっ、と抱きしめる腕《うで》に力を込められて、心音が跳《は》ね上がる。

平常心、平常心と自分に言い聞かせているけど、その実俺はもうどきどきしすぎて死にそうだった。

病気のせいだとわかっていても、自分の好きな相手に始終くっつかれて、何も感じるなっていうほうが無理だろう。

「腹が減ったって言ったの、お前だろーがっ」

「……しょうがねぇな」

舌打ちでもしそうな様子でそう言うと、ようやく腕が解けた。

俺はほっと、胸《むね》を撫《な》で下ろしつつ立ち上がり、がちがちに固まってしまった体をほぐしつつキッチンへと向かう。

慶吾は当然のような顔で俺についてきた。

まるで母親にまとわりつく幼稚園児《ようちえんじ》のようだ。もしくはカルガモの親子。

そう考えて、その喩《たと》えはあながち間違《まちが》っていなかったのだと思い出す。なんといっても、インプリンティングされているわけだから……。

「冷蔵庫開けるぞ」

考えつつ、すぐ後ろにいる慶吾にそう声をかけて冷蔵庫を開ける。

けれど、案の定ろくなものが入っていなかった。唯一《ゆいいつ》入っていたのは、豚肉《ぶたにく》のパックくらいだ。

こんなことなら帰りに何か買ってくるんだったな、と思う。あのときはあまりの展開と——タクシーの中で慶吾に手を握《にぎ》られたことで頭が真っ白になってしまって、そんなところまで考えが及《およ》ばなかった。

けれど、こんなにガラガラってことは、少なくとも料理好きの恋人がいる可能性は低そうだ。

一応、藤田先生が確認《かくにん》したときは、恋人なんていない、っていうか俺がそうだなんて言っていたけどそれはないし、信憑性《しんぴょうせい》は微妙《びみょう》なところだ。

――神原は……料理はそこそこできたような気がする。

って言っても、調理実習で作ったものを差し入れでもらった程度だから、よくわかんないんだけど。

そんなことを考えつつ野菜室は、と見ればそちらにはにんじんと玉葱《たまねぎ》、あとはジャガイモが……。

「ひょっとして、カレーの材料か？」

「ああ、お前に作らせようと思って買っといた」

こくりと頷《うなず》かれて脱力《だつりょく》する。

「買っといた、ってお前、熱があって倒《たお》れそうなときになんでカレーなんだよ？」

「お前がカレー以外に何が作れるかわかんなかったんだから、しょうがねーだろ」

拗《す》ねたように言われて、そう言えば昔一度だけ、カレーを作ってやったことがあったことを思い出した。

確か、当時大学生で一人暮らしをしていた慶吾のお兄さんが、下宿先でインフルエンザにかかったとかで、おばさんがそちらに行ってしまったときだったと思う。

なんならうちに食べに来ればいいと言ったんだけど、お前が作れとかなんとか言われて無理やり作らされたんだった。

「……あんときは、ジャガイモが硬《かた》いだの、焦《こ》げ臭《くさ》いだの文句ばっか言ってたくせに」

また作らせようなんて、よく考えたものだ。

そう思ってからふと、俺が料理できるかわかんないくせにどうして俺に作らせようなんて考えたんだろう？　と疑問に思う。

俺はもう五年も一人で暮らしているから、それなりに料理も作れるようになっている。だから特に問題なく作るか、と思っちゃったけど、慶吾はあのひどいカレーの記憶《きおく》しかなかったはずなのに。

「いいから、さっさと作れよ」

「わかったよ」

俺は内心首をかしげつつそう頷くと、まずは野菜室から材料を取り出した。

それから、はっと気がついて振《ふ》り返る。

「慶吾、飯は炊《た》いてあるのか？」

「ない。あ、米はシンクの左の棚《たな》だから」

その言葉に、俺は思わずため息をこぼした。

「棚だから、じゃなくて、ちょっとは手伝おうって気概《きがい》を見せたらどうなんだよ？」

縦のものを横にもしないようなやつだということは知っていたし、本当はこうやって面倒《めんどう》を見るのも嫌《きら》いじゃない。

けれど、これはもう昔からの癖《くせ》みたいなものだった。

文句も言わずにはいはい言うことを聞いていたら、俺が慶吾を好きだってことがばれるんじゃないかと思っていたから。

慶吾は俺の文句なんて右から左に流して、いいからさっさとやれって感じで——。

なんて考えていたら。

「俺はお前の手料理が食べたいんだよ」

「っ……」

とんでもない台詞《せりふ》に、心臓が爆発《ばくはつ》しそうになった。

命令されて、言うこと聞いてっていう流れがあまりにもなじんだものだったから、つい油断していたのである。

そうだ。今の慶吾は俺のことが好きなんだった……。

顔がかぁっと熱くなって、俺は咄嗟《とっさ》に顔を隠《かく》すように俯《うつむ》いたまま、動けなくなってしまった。

こんなふうに固まっていたらおかしく思われるってわかっているのに……！

そう思った途端《とたん》、慶吾の腕が伸《の》びてきて、ぎゅっと俺を抱《だ》きしめる。

「ちょっ、何するんだよっ」

「お前がかわいい顔するのが悪いんだろ？」

耳元で聞こえる声に、ぞくりと腰《こし》の奥が痺《しび》れた。

「俺だって、腹減ってんのに」

しょうがないというように言いつつ、慶吾がするりと腰に回していた手を下に滑《すべ》らせる。そのまま、ぎゅっと尻《しり》を摑まれて、俺は悲鳴を押し殺した。

「っ……は、腹減ってんなら、おとなしく待ってろよ！」

言いながら、腕を振り解《ほど》こうと慶吾の胸に手を突《つ》いてぐいと押すけれど、びくともしない。これは多分、慶吾に力があるっていう以上に、俺の腕に力が入っていないせいだろう。

「こっちのが美味《うま》そう」

「あっ」

ぱくりと耳たぶを銜《くわ》えられて、俺はぎゅっと肩《かた》をすくめた。慶吾の声にも弱いし、耳も弱い俺としては、相手が恋人《こいびと》だったら間違いなくエロ方向にスイッチ入ってたと思う。

けれど、このまま流されるわけにはいかない。

「い、いい加減にしろって！　藤田先生が言ってただろ！　お前は病気なんだよっ」

「そんなの関係ない」

「関係あるに決まってるだろっ」

俺はそう怒鳴《どな》ると、必死で言い募《つの》る。

「お前は、本当は男なんか好きにならないし、俺なんて絶対恋愛《れんあい》対象にしない。こんなことしたら、お前絶対後悔《こうかい》するんだからな！」

一言口にするたびに、心臓が引き裂《さ》かれたみたいに痛んだ。

けれど、それは全《すべ》て本当のことだ。

慶吾はゲイではないし、俺を好きになるなんてこともない。そして、病気が治ったときに俺に手を出したなんて知ったら間違いなく後悔して、拒《こば》まなかった俺をバカにするに違《ちが》いない。

お前はバカか、と罵《ののし》られる自分の姿が今から目に浮《う》かぶようだった。

「あのなぁ」

慶吾はため息交じりにそう口にすると、不意に腕《うで》を緩《ゆる》める。

そうして、体を離《はな》すと俺の顔を覗《のぞ》き込んできた。

「後悔なんてするわけねーだろ？」

切れ長の目が、真っ直《す》ぐに俺の視線を捕《と》らえ、目尻《めじり》が滲《にじ》むようにゆるむ。初めて見るようなやさしい表情に、息が止まりそうになった。

「俺がお前を好きだって言ってるんだから、お前は黙《だま》って『俺も好きだ』って言っとけばいいんだよ。――――救急車の中で言ったみたいに」

最後に付け足された言葉に、俺ははっと目を瞠《みは》る。

「あ、あれはっ、言葉の綾《あや》っていうか……少しはって言っただろ！」

ぽろりとこぼしてしまったうかつな発言を思い出し、俺は激しい後悔を覚えた。

あのときは突然《とつぜん》のことにびっくりしていたし、何よりまさか、慶吾の告白が病気のせいだなんて思っていなかったから。

もしも、IPSのせいだとわかっていたら、絶対に言わなかったのに……。

「好きか嫌いかって言ったら、嫌いじゃないって言っただけで……」

「嘘《うそ》つくなよ」

言い訳を一蹴《いっしゅう》されて、言葉に詰《つ》まった俺を慶吾がもう一度、今度はゆっくりと抱きしめた。

「俺は、昔っからずっとお前が好きだった」

「……嘘」

そっと囁《ささや》かれた言葉に、俺は呆然《ぼうぜん》と呟《つぶや》く。

寒気にも似た何かが、ゆっくりと体を震《ふる》わせた。

「嘘じゃない。ずっと……お前がいなくなる前から、ずっと好きだった」

指先が震え、鼻の奥がじんと痺れたような感覚がする。

慶吾の口からこんな言葉を聞く日が来るなんて、夢みたいだと思う。絶対に、ありえないはずのことだ。

そう、ありえない嘘だ。病気が言わせてるんだ、と頭のどこかで思った。

けれど、それを押し流すほどの勢いで、本当だと信じたいと思う気持ちが溢《あふ》れ出してきて止められなくなる。

昔から、というなら本当なのかもしれないと、そんな風に思いたくなる。

「本当に……？」

してはいけない問いだと分かっていた。

俺は、慶吾の答えを知っていたし、その上でその答えが病気のせいだって頭ではちゃんと分かっていたんだから。

でも、それでも……。

「ああ、本当だ」

その言葉を聞いた瞬間《しゅんかん》、俺はうれしくて泣きそうになった。

ぎゅっときつく瞼《まぶた》を閉じて、俺は慶吾の背中に腕を回そうとする。けれど、最後の最後でわずかに残った理性が、俺を引き止めた。

瞼と同じくらい、いや、それ以上の力で手のひらをきつく握《にぎ》る。

——……もう、十分じゃないか。

この言葉だけで……十分幸せだ。

そう自分に言い聞かせて、俺は深く息を吸った。震える唇《くちびる》をきゅっと嚙《か》み、それからゆっくりと開く。

「——……慶吾の気持ちはうれしいけど、俺付き合ってる相手がいるから」

震えそうになる声を、必死で抑《おさ》えてそう言った。

本当はもう別れてるけど、このくらいの嘘は許して欲しい。

俺は慶吾の告白を受け止めることはできない。そんな資格はない。どれだけ待っていた言葉でも……。

それなのに。

「でも、その女より俺のほうが好きだろ？」

慶吾は怯《ひる》むことなくそう言った。

「誰《だれ》よりも、俺のことが好きなはずだ」

「な、何言ってんだよ。自信過剰《かじょう》にもほどが……」

俺は笑おうとして、失敗する。頰《ほお》が熱くなる。

頼《たよ》りなく震えた語尾《ごび》に、慶吾が笑った。

その笑顔《えがお》に、抗《あらが》いがたく心が惹《ひ》かれるのが分かる。

「お前は俺のなんだよ」

慶吾はそう言って、俺の唇にぎゅっと唇を押し付けた。

——なんだこれ。

ひょっとして、俺今、慶吾にキスされてる？

別に生まれて初めてキスしたというわけでもないのに、そんなことを考えてしまうくらい驚《おどろ》いた。

そうして、痛いようなキスに眉《まゆ》を顰《ひそ》めたときには、すでに舌が口内に入り込んできていた。

「んっ、ン、や…っ…やめ…っ……っ」

首を振《ふ》って止めようとすると、慶吾は俺のあごをぐっと摑んで無理やりに唇を重ねてきて……。

今、自分の唇に重なっているのが、慶吾の唇なのだと思ったら、もう駄目《だめ》だった。

上手《うま》いとか、下手《へた》とかそういうのとは全然別の次元で、心の奥がとろりと溶《と》けるような錯覚《さっかく》がする。

じわりと目の奥がにじむ。

「あっ……」

かくり、と膝《ひざ》が崩《くず》れてようやく唇が離れた。

慶吾の唇と繫《つな》がる唾液《だえき》の糸を目にして、顔が熱くなる。

「ほらみろ」

キッチンカウンターに寄りかかるようにしてなんとか立っている状態の俺を見て、慶吾が得意げに言った。

「な、にが」

「キス程度でふらふらになってるくせに、よくほかに相手がいるなんて言えたもんだな」

「なんだよ、そのわけのわかんない理屈《りくつ》……っ」

確かにふらふらになっているけれど、それとこれとは関係ないだろ！

そんなの仕方がないじゃないか。ずっと好きだった相手だ。キスなんかされたら心臓は勝手に走り出すし、そしたら当然息だって上がってしまう。

「それに、ほら」

ぐっと腰《こし》を抱《だ》き寄せられて、俺は慌《あわ》てて慶吾の胸に手を当てて離れようとした。

そんな風にくっつかれたら……。

「お前、もう勃《た》ってるじゃねーか」

にやりと笑われて、ますます顔が熱くなる。

慶吾の言う通りだった。キスだけで体はまるで思春期の頃《ころ》のように、高ぶり始めてしまっている。

「で、でも、そんなの慶吾だって」

当たってる、と小声で言うと慶吾は恥《は》じることなく頷《うなず》いた。

「当たり前だろ。俺はお前が欲しいんだから」

「ほ……欲しいとか、言うな……」

またしても、通常の慶吾なら絶対に言いそうにない台詞《せりふ》を言われて、俺はうろうろと視線をさまよわせてしまう。

強引《ごういん》にでも離れたかったけど、慶吾のものがウエストのあたりに押し付けられているのが気になって、動くのが憚《はばか》られた。

「なんで？」

そうしてひたすらうろたえている俺に、慶吾は楽しそうに問う。

「なんでって……だから、俺は付き合ってる相手がいるって言ってる、だろ」

「それがなんだよ？」

バカにしたような声で言われて、俺はパチリと瞬《しばた》いて慶吾を見つめた。

「誰と付き合ってようが、俺が好きだって言ったら、お前は俺のだろ？」

慶吾の目も真っ直《す》ぐに俺を見つめてくる。

その目が、自信に満ちた言葉と裏腹に、ちょっとだけ子どもが拗《す》ねたみたいな色をしていて、俺は逆にどきりとした。

まるで、高校生みたい。いや、慶吾は高校時代からやたら大人びていたから、もっとずっと……。

とにかく、慶吾のこんな子どもっぽい表情は、初めて見たと思う。子どもっぽくて、でもその分わかりやすくストレートだった。

ストレートに、心に届いた。

「そうだろ？」

「お前、卑怯《ひきょう》だぞ……」

俺はそう言って慶吾を睨《にら》みつける。

誰よりも好きな相手にこんな顔されて、うん、て言ってやりたくならない人間なんているだろうか？

少なくとも、俺のなけなしの理性を沈黙《ちんもく》させるには、それで十分だった。

「お前が俺のものになるなら、卑怯でもなんでもいい」

慶吾はそう言うと、もう一度俺にキスをする。

そのキスを俺は避《さ》けなかった――避けられなかった。

触《ふ》れるだけのキスだったのに、俺の心は体以上に正直に反応する。

唇から痺《しび》れるような歓喜《かんき》があふれていく気がして、縋《すが》るみたいに慶吾の背中に腕《うで》を回した。

――お前が俺のものになるなら、卑怯でもなんでもいい。

たった今、慶吾が言った台詞。

だけど、本当にそれを言いたいのは俺のほうだと思う。慶吾が手に入るなら卑怯でもなんでもいい。

それがたとえ、一時のことでも……。

そんな考えが脳裏《のうり》に浮《う》かび、俺は慌ててそれを振り払《はら》うように頭《かぶり》を振った。

「やっぱりだめだ！」

はっきり言い切って、ぐいと慶吾の胸を押し返す。

たった今までおとなしくしていた俺の、突然《とつぜん》の行動についてこれなかったのか、思ったよりあっさりと慶吾が離《はな》れる。

「何度も言うけど、お前は病気なんだよ。俺が……」

その先を言うのに、少しだけ迷って、けれど俺は思い切って口を開いた。

「たとえ俺がお前の言う通り、お前のことを好きだったとしても、応《こた》えることはできない」

言いながら、真っ直ぐに慶吾を睨みつける。

慶吾は俺の言葉に驚いたように目を瞠《みは》り、それからわずかに目を細めてきゅっと口角を上げた。

「たとえ、なんかじゃねーだろ？　お前は俺のことが好きなはずだ」

自信に満ちた笑顔に、性懲《しょうこ》りもなく胸が高鳴る。けれど、俺は慶吾を睨みつけることをやめなかった。睨みつけたまま、小さく頭を振る。

俺の意志は固いんだってことを伝えたくて。

……いや、違《ちが》う。そうしないと、自分が折れてしまいそうだったから。

なのに、慶吾は俺のそんな態度に構わず強引に腕を引くと、再び俺をぎゅっと抱きしめた。

「離せよ……っ」

「離さない」

慶吾は俺の訴《うった》えをあっさり却下《きゃっか》して、そのまま俺を抱《だ》き上げ、歩き出した。

「ちょっ……何すんだっ、下ろせよ！」

「すぐ下ろしてやる」

そう言って、慶吾はキッチンを出ると、中途半端《ちゅうとはんぱ》に開いたままだったドアを潜《くぐ》る。

まさかと思ってはいたけど、そこは寝室《しんしつ》だった。

部屋の奥に寝乱《ねみだ》れたベッドがあり、慶吾はそこに俺を下ろす。

俺は慌ててベッドから降りようとしたけれど、慶吾はそんな俺の行動を見越《みこ》していたらしい。

あっさり捕《つか》まって、両腕《りょううで》を押さえつけるようにしてのしかかられてしまう。

「慶吾！ いい加減にしろよっ」

「いい加減にするのはお前のほうだろ。往生際《おうじょうぎわ》が悪いにもほどがある」

言いながら、慶吾は苦笑《くしょう》をこぼした。

「はぁ？」

まるで、俺のほうがわがままを言っているかのような態度にむっとして、俺は下から慶吾を睨みつける。

「安心しろ。なんならちゃんと責任はとってやる」

「――――責任て、なんだよ」

「こういう場面で言う責任なんて一つだろ」

思わず胡乱《うろん》な目になった俺の問いを、慶吾はあっさり切り捨てた。

そりゃ、男女なら一つだけど……。

なんて思った途端《とたん》、慶吾が再び俺の唇《くちびる》にキスを落とした。

「やめろって！」

「いやだ」

俺の言葉にそう返しつつ、慶吾の手が俺の胸元《むなもと》を滑《すべ》る。

手を離され、自由になった左手を俺はぎゅっと握《にぎ》った。

この手を使えば、慶吾の行為《こうい》を邪魔《じゃま》することができる。そう思うのに、俺は自分に触れる慶吾の手を振《ふ》り払うことができなかった。

きっと、左手一本では慶吾を止めることなんてできない。

そんな風に、自分に言い訳をして……。

「すげー、どきどきしてる」

　くすりと笑った慶吾の目が、胸が痛くなるほどやさしい色をしていることに気付いて、俺は慌てて目を逸《そ》らした。

いとしいいとしいと語りかけてくるみたいな目。

確かに慶吾なのに……それがわかっているから胸が高鳴っているのに、まるで別の人間を相手にしているような気もした。

だって、高校時代には一度だって、慶吾のこんな目を見たことはなかったから……。

そう考えた途端、心の奥がちくりと痛んで、俺はぎゅっと瞼《まぶた》を閉じる。

「あっ、ん……っ」

途端、乳首《ちくび》をぎゅっと摘《つま》まれて、俺は思わず声をこぼしてしまう。そこは、シャツの上から撫《な》でられるうちにぷつりと立ち上がっていた。

「気持ちいいのか？」

「そ、んなこと訊《き》くな……っ」

かぁっと頬《ほお》が熱くなる。

「ま、確かに訊かなくてもこの反応を見れば丸わかりだよな」

「っ……んっんっ」

くりくりと指先で転がすようにされて、もどかしいような快感が下肢《かし》まで走った。

そうしながら、慶吾はもう片方の手でベルトを外し、ズボンの前立てに触れる。

「こっちももう、完全にその気になってる」

「う、るさい……っ」

くっと、ズボンの上から軽く圧迫《あっぱく》されて、びくりと腰《こし》が跳《は》ねた。

慶吾は俺の反応に楽しそうに目を細めると、そのままズボンを脱《ぬ》がしていく。俺は逆らうことも、かといって積極的に協力する気にもなれず、ただ慶吾にされるがままになっていた。

すぐに下着ごとズボンを脱がされて、慶吾の手が直接そこに触れる。

「ん…っ」

ちょっと触れられただけなのに、じんと腰の奥が痺れるようだった。

そのまま握られて軽く擦《こす》られ、自分の体が信じられないほど鋭敏《えいびん》になっていることを、まざまざと思い知らされる。

けれど、それは仕方がない、と思う。

だって、今自分に触れているのは、ずっと欲しかった手だ。ほかの誰《だれ》でもない、慶吾の手……。

そう思っただけで、たまらない気持ちになる。

「は、ぁ…っ…あ、ああ…っ」

指が滑るたびに、高い声と濡《ぬ》れた音がこぼれた。

自分のそこがもう、とろとろと先走りをこぼしているのがわかって、羞恥《しゅうち》に泣きたくなる。

「ひぁ……っ」

そして、シャツの上から乳首を弄《いじ》っていたほうの指が、ぎゅっと布地ごと強くそこを引っ張った途端、俺は自分でも驚《おどろ》くほどあっさり、慶吾の手の中に吐精していた。

「っ、は、はぁ…はぁ……」

荒《あら》い息をこぼしながら、まだ触れられてもいない場所が、慶吾を欲しがって疼《うず》いていることに気付いて泣きたくなる。

だめだとか、やめろとか、俺は本当に口先ばかりだ。

体は——そして、心はこんなにも慶吾を求めている。

慶吾はそんな俺の気持ちに気付いているのか否《いな》か、俺の左膝《ひだりひざ》を立てさせると奥へ指を伸《の》ばしてきた。

俺の出したもので濡れた指が、表面を撫でる。それだけで、そこがきゅっと収縮するのを感じる。

「お前……」

慶吾は何か問いたげな表情で見つめていたが、結局何も言わずに少し乱暴なしぐさで指を一本差し入れてきた。

「んっ」

ぴくりと体が震《ふる》え、体の内側が快感を得ようと勝手に慶吾の指を締《し》めつける。

なのに、慶吾はあっさりとその指を抜《ぬ》いてしまった。

「あ……なん……」

なんで、と問いかけそうになって俺は唇を噛《か》む。

そんな俺を、なぜか慶吾は怒《おこ》ったような顔で見下ろしている。

「お前……ひょっとして付き合ってた相手って、男なのか？」

慶吾の言葉に俺ははっとして、目を瞠った。

どうして、と思ったけれど、すぐにこんな反応をしていたら、初めてじゃないのは明白だっただろうと思い直す。

「――――慶吾には関係ないだろ」

そう口にしてから、慶吾がちゃっかり『付き合ってた』と過去形にしたことにも気付いたけれど、そのことを指摘《してき》することはできなかった。

「関係ないわけがねーだろ？」

そう言った慶吾の顔が、ぎくりとするほど真剣《しんけん》で気圧《けお》されてしまったから。

つい、ごめんなさいと口にしそうになったほどだ。

でも俺が口を開く前に、あからさまに不機嫌《ふきげん》そうな表情で慶吾が大きなため息をついた。

「……もっと早く手を打つべきだった」

「え？」

絞《しぼ》り出すような声にぱちりと瞬《しばたた》く。

もっと早くって……それは無理というものだろう。

だって、慶吾が俺を好きになったのは、数時間前のことなんだから。

どんなに急いでも、俺と哲史の関係を防ぐことはできなかったはずだ。

とはいえ――――慶吾は気付いていないけど、俺が哲史とよりを戻《もど》さないと決めた決定打は、慶吾との再会だったのだから、ある意味では手を打っていたことになるよな、と密《ひそ》かに思う。

もちろん、そんなことは言わないけど……。

なんて考えつつ、慶吾を見上げていたら、慶吾がギロリと俺を睨《にら》みつけてきた。

「今までのことはとりあえず許してやる。けど、もう二度と俺以外の男にやらせたりすんなよ」

「…………」

あまりと言えばあまりの台詞《せりふ》に、俺は思わず絶句してしまう。

許してやるって、どうしてそんなに上から目線？

そう思うのに、俺の胸はバカみたいにきゅんきゅんいっていた。

……自分の趣味《しゅみ》の悪さについて、真剣に考えてみたほうがいいような気がしてくる。

そんな風に俺が自分自身にぐんなりしている間に、慶吾は言うことを言ってすっきりしたのか再び俺の足の間に指を伸ばしてきた。

「ちょっ……」

すっかり油断していた俺は、くぷりと入り込んできた指に息を吞《の》む。

今度はすぐに抜かれることもなく奥まで入れられて、ぐるりとかき混ぜられた。

一度間が空いたせいで熱の引きかけていたはずの体は、それだけのことでまた反応し始めてしまう。

「あ、う……んっ、んんっ」

中を探《さぐ》るような動きをする指に、気持ちのいい場所を触《さわ》って欲しくて、腰が勝手に揺《ゆ》れた。

指が増やされても、ただ気持ちいいばっかりで、快感にとろける頭の片隅《かたすみ》で、そのことを不思議だと思う。

俺はどちらかって言ったら淡白《たんぱく》なほうで、いつもだったら、一度いかされたあとはそれが挿《そう》入《にゅう》前でも挿入後でも、体のどこかが冷めてしまっていたのに……。

今は、まだ全然足りないとすら思う。

もっと、欲しい。

――もっと、感じたい。

「ん、あ…っ…あ…」

自分の体が、こんなに浅ましいなんて知らなかった。

指だけでは全然足りない。

「けぃ……ご…っ、も、入れて……」

そして、気付いたときにはそんな言葉がこぼれていた。

体の中に入れられた指がぴたりと動きを止める。

慶吾は、驚いたように目を瞠《みは》っていたけれど、俺は我慢《がまん》できずに自ら膝裏《ひざうら》に手を入れて、右足をぐっと持ち上げた。

「慶吾…っ」

もう一度名前を呼ぶと、慶吾がくっと唇《くちびる》を噛むのが見える。

呆《あき》れられたかもしれない、と胸の底が冷えたのは一瞬《いっしゅん》だった。

「ひ……っ」

すぐに指が抜かれ、慶吾の手が左足を持ち上げて……。

「んん……っ！」

「っ……」

ぐっと、大きなものが入り口を割って中へと入り込んできた。

指とは比べ物にならない質量だけど、痛みは全くない。

ただ、自分の中が満たされていく充足感《じゅうそく》と、快感だけがあった。

慶吾は、一番奥まで突《つ》き入れると、一旦《いったん》動きを止めて俺の顔を覗《のぞ》き込んでくる。

形のいい眉《まゆ》がわずかに歪《ゆが》んで、眉間《みけん》にしわが寄っていた。その下の瞳《ひとみ》に、欲望《よくぼう》と嫉妬《しっと》が渦巻《うずま》いているのが見えた気がしてどきりとする。

慶吾が、妬《や》いてくれているのだと思うと、昏《くら》い喜びを感じなくもない。けれど、それ以上に……。

「ごめん……慶吾」

俺はそう言って、この行為《こうい》が始まって以来初めて慶吾へと手を伸ばし、その頬《ほお》に触《ふ》れた。

ずっと好きだった。

哲史を選んでしまったのも、慶吾に似たところがあったせいだと、今ははっきりわかる。

浮気《うわき》されたことに怒《おこ》りながらも許せたのは、自分の心が全《すべ》て哲史に向かっていたわけじゃなかったからだろう。

慶吾に再会するまで、俺の心の一部はずっと、胸の奥で凍《こお》りついたままだったから……。

「これからは全部、俺のものだ」

慶吾の言葉に俺は目を閉じて、頷《うなず》くかわりに慶吾の首へと腕を回す。

IPSが治って、慶吾が二度と俺を抱《だ》かなくなっても、こんな風に慶吾に抱かれた記憶《きおく》があったら、ほかの男と付き合ったりはできない気がした。

そんなまるで恋《こい》を知ったばかりの子どもみたいなことを思う自分を、バカみたいだと思うけど……。

「動くぞ」

それは問いというよりも宣言で、慶吾は俺の返事を待たずに腰《こし》を引いた。

「あ…っ…あ、あ、んっ」

ずるりと抜け出したものにまた突きこまれて、擦《こす》られた内壁《ないへき》が快感に震える。

そうして慶吾のものに翻弄《ほんろう》された俺は、どこまでも深くなる快感に溺《おぼ》れ、そのまま意識を失ってしまったのだった……。

──やっちまった……。

朝起きて、最初に思ったのはそれだった。

慶吾はまだ背後ですうすうと気持ちよさそうな寝息《ねいき》を立てている。

分厚い遮光《しゃこう》カーテンの隙間《すきま》から、細く光が線を描《えが》いているのを見つつ、慶吾を起こさないように深く静かにため息をこぼした。

なんでやっちゃったんだろ。

……だめだとわかっていたはずだった。

IPSは脳の病気だけど、その間の記憶は普通《ふつう》に生きているのと同じように残ると聞いている。

完治後に忘れるのはただ、恋心《こいごころ》だけだ……と。

それなのに、結局は流されて、最後はむしろ自分からねだるような真似《まね》までして、抱かれてしまった。

IPSが治ったときのことを考えると頭が痛い。

それなのに、俺はこんな後悔《こうかい》の渦中《かちゅう》にありつつも、それと同時に何物にも代えがたい幸福を感じてしまってるんだから、救いようがない。

俺って、本当にマゾなんじゃないだろうか……。

そんなことを考えつつ、ベッドを揺らさないようにゆっくりと起き上がり、眠《ねむ》り続けている慶吾を見つめる。

「……久《ひさ》し振《ぶ》りだな」

慶吾の寝顔《ねがお》。

ほんの少しあどけないような気さえする表情に、高校時代のことを思い出す。

初めて慶吾の寝顔を見たのは、高校の一年のとき。保健室でのことだった。

芸術は美術・音楽・書道からの選択《せんたく》で、俺は美術、慶吾は音楽を選択してたんだけど……。

美術の授業のあと、音楽を取っているクラスメイトに慶吾が体調を崩《くず》して保健室に行ったと聞いて、休み時間に様子を見に保健室へ向かったのである。

風邪《かぜ》でも引いたのかと心配していたのに、起きていきなり『何見てんだよ?』とか迷惑《めいわく》そうに言われて、口論になったんだよな……。

なのに、養護教諭《きょうゆ》が入ってきたら急におとなしくなっちゃってさ。その変わり身の速さに唖《あ》然《ぜん》としたことをよく覚えている。

そのときはまだ、ただの友達だったのに……。

「どうして、好きになっちゃったんだろうな……」

顔や声はそこそこ好みのタイプだったけど、性格は最悪。本の趣味が一緒《いっしょ》でなければ、友達にもなってなかっただろうと思ったくらいだ。

きっと、それは慶吾のほうも同じだろう。

「って、違《ちが》うか」

俺は呟《つぶや》いて、思わずため息をこぼした。

同じのはずがない。

慶吾にとって、俺はどうあがいたって『恋愛対象《れんあい》』にはなりえない。好みのタイプになんて掠《かす》りもしなかっただろう。だから、単なるおせっかいなやつ、ってくらいの印象だったに違いない。

なのに、まさかこんなことになるなんてな……。

運命というものがあるのなら、悪戯《いたずら》にもほどがあると思う。

五年もブランクがあって再会、直後にこんなおかしな事態に巻き込まれて——決して叶《かな》うはずのない想《おも》いが叶ってしまった。

IPSが治ったら慶吾は俺を好きでなくなってしまうのに……。

どうして再会なんてしてしまったのかと、思わずにはいられない。

あのまま一生会わなければ、俺は自分の恋心が凍っていることにすら、気付かずに生きていけたのに……。

IPSが治ったら、どうすればいいんだろう？

慶吾はどうするだろう？

「このまま逃《に》げるとか……だめだよなぁ……」

やり逃げというか、やられ逃げ？

けど、ＩＰＳが治るまでは慶吾のそばを離《はな》れられないしな。

八方塞《はっぽうふさがり》な気分で、俺はまたため息をこぼした。

そのとき。

「ん……」

慶吾が小さく身じろいだ。

覚醒《かくせい》するのが不満なのか眉間にしわを寄せ、何かを探すみたいに手のひらをもぞもぞとシーツに滑《すべ》らせる。

俺はその手にそっと触れた。

「……………明人……？」

「……うん」

目を閉じたままの問いかけに小さく相槌《あいづち》を返すと、ふ、と眉間のしわが解ける。

それを見たら、胸の奥のほうがふわりと温かくなった。

――ずっと……お前がいなくなる前から、ずっと好きだった。

病気が言わせた嘘《うそ》に決まっていると思いながら、流された。

けれど、それが本当ならいいのにと、強く思う。

慶吾は嘘ついているようには見えなかったし、本当に自分のことを昔から好きだった可能性も、あるんじゃないかと思いたくなる。

途端《とたん》、心臓がどきりとして俺は慌《あわ》てて頭《かぶり》を振《ふ》った。

「って、そんなわけないよな……」

脳に刷り込みが起こるっていうくらいだから、ひょっとしたら、過去の記憶だって改ざんされてるのかもしれない。

それに、好きな相手を口説くときに前から好きだった、なんていうのはリップサービス的な側面もある。嘘のうちにも入らないっていうか……。

なんて考え込んでいたら突然《とつぜん》強く手を握《にぎ》られて、俺はぎょっとして慶吾を見た。

「…………」

「……おはよう」

無言のまま、まるで初めて見るものを目の前にした子どものようにまじまじと見つめられて、俺は居心地《いごこち》悪く身じろいで視線を逸《そ》らす。

握られたままの手を抜《ぬ》こうとしたけれど、慶吾の手は離れなかった。

「ちょ、慶吾っ」

それどころか、ぐいと引っ張られて抱《だ》きしめられた。慶吾の腕《うで》が背中に回る。

「――――……夢じゃなかった」

「は？」

耳元で囁《ささや》かれた台詞《せりふ》に首をすくめつつ、瞬《しばた》いた。

「よかった」

安堵《あんど》するような声に、ようやく言葉の意味が脳に伝わって、俺は胸の奥が甘く痛むのを感じる。

慶吾は夢じゃなくてよかったと言ったけれど、俺にとっては今このときも夢の中みたいだと思いながら……。


「過去の記憶《きおく》の改ざん、ですか？」

昨日と同じ診察《しんさつ》室で、俺は藤田先生と向かい合っていた。

慶吾の検診《けんしん》は、藤田先生の休診《きゅうしん》日である火曜と、病院自体が休みになる日曜以外は毎日来ることになっている。

ちなみに、慶吾は隣《となり》の部屋で待機している。俺が訊《き》きたいことがあると言ったら、慶吾のいる所じゃしにくいだろうからってことで、藤田先生が気を利《き》かせてくれたのだった。

慶吾はそれが面白《おもしろ》くなかったらしくぐだぐだ言っていたけれど、俺としては一応確認《かくにん》しておきたくて……。

「例えば――過去に亘《わた》って好きだったと錯覚《さっかく》する、とか」

「うーん、ないとは言い切れないですね。防衛機制っていうんですが……」

「防衛機制？」

聞いたことのあるようなないような言葉に、俺は首を傾《かし》げる。

「ええ。防衛機制というのは、精神的な防御策《ぼうぎょ》のことです。自我が不安の処理をするに当たって、対応が困難だったり、精神的危機に陥《おちい》ったりする可能性があることを予測した場合に起こるもので――記憶の置き換《か》えも、その一つと考えられますね」

そう言って、藤田先生は記憶というものがいかにあやふやで、心理状態に左右されやすいものなのかということを、語ってくれた。

自分自身を守るために古い記憶を改ざんすることは、精神分析論《せいしんぶんせき》や心理学の見地からも普通《ふつう》にあることらしい。

「そうですか。……そうですよね」

はは、と乾《かわ》いた笑いをこぼしつつ、俺は内心がっくりとうなだれた。

やっぱりそうだよな。

慶吾の言動は全《すべ》てＩＰＳのせいなんだ。

わかっていたことだし、そうだろうと思ってはいた。けれど、こんな風に気になって尋《たず》ねたり、がっくりしたりするということは、どこかで期待していたのかと思うと、その浅ましさに苦笑《くしょう》がこぼれる。

「ほかに何か気になることはありますか？」

「いえ、大丈夫《だいじょうぶ》——……あ」

「何ですか？」

そう言えばと顔を上げた俺に、藤田先生がにこにこと微笑《ほほえ》む。

「気になるっていうか、不思議なんですけど」

「うん？」

「その……IPSって、罹《かか》ると性格まで変わったりするんですか？」

俺の問いに、藤田先生は「ああ、そのことですか」と頷《うなず》いた。

「性格が変わる、というか、出てくる、と言ったほうがいいかも知れないですね」

「出てくる？」

なんだか不思議な言い回しだ。

「二見さんは、鳴海さんをどんな風に変わった、と感じました？」

「どんなって……」

藤田先生の言葉に、俺は昨日からの慶吾の様子を思い出す。

「わがまま——は元からですけど、今まで以上に頑固《がんこ》……っていうか、主張が激しくなった気がします。あと、いろんな意味で素直《すなお》っていうか……」

ああしろこうしろって命令するのは昔と変わらないけど、なんでそんなことしなきゃいけないんだよ、って言い返したときの答えが違《ちが》いすぎる。

……お前の手料理が食べたいんだよ、なんて昔の慶吾なら絶対に言わなかった。

今日も車に乗る前と下りたあと、どうしても手をつなぐといって聞かなくて、結局こっちが折れたのである。

好きだとか、そういうことを口にするのはＩＰＳのせいだろうと思っていたけれど、よくよく考えれば俺の知ってる慶吾は好きな相手に、あんな風に好きだって言ったり、べたべたしたりするタイプじゃなかったと思う。

少なくとも、俺は慶吾が神原を好きなことにも、二人が付き合っていることにも全く気がつかなかったし……。

もちろん俺が知ってるのは高校時代までだから、そのあとああいう性格になったってことも考えられなくはないのかもしれない。でも、再会したときの態度は、昔とほとんど変わってなかったと思うし……。

「子どもっぽくなった？」

「あ、そう。そうです」

俺は藤田先生の言葉に、こくこくと頷いた。

言われてみれば、その言葉が一番しっくりくる気がする。

「IPSにかかると子どもっぽくなったりするんですか？」

「うーん、簡単に言うとそうですね。――二見さん、エスって聞いたことあります？　あ、サディズムのことではなく、『es』と書くほうなんですが」

「エス……心理学用語ですか？」

扁桃体《へんとう》の説明を受けたときのことを思い出しつつそう訊いてみる。

「ええ。まぁ、精神分析論といったほうがいいかもしれないですが。ご存知ですか？」

「すみません。聞いたことはある気がするんですけど……」

こんなことなら、心理学についてさらっておくべきだったなと反省する俺に、藤田先生は気にしなくていいと笑った。

「フロイトは精神構造論の中で、人間は自我と超自我《ちょう》とエスから成り立っている、と述べているんです」

「自我と、超自我とエス……」

やはり聞き覚えはある。自我というのは、まぁ普通にも使う言葉だから、当然だと思うけど。

「自我は現実や環境《かんきょう》に対応する機能。超自我は理想や義務、道徳に対する機能。そして、エスというのは、快・不快原則のことです。ようは、気持ちいいか悪いかっていう判断ですね。幼児期の子どもは、エスしか――自分にとって気持ちがいいか悪いかという判断だけしか、持っていません」

その後、超自我が発達して善悪を覚え、大人になるころにやっと自我が十分に機能して、空気を読んだ行動ができるようになるのだと、藤田先生は言った。

「ところが、IPS発作《ほっさ》後は、この機能していたはずの超自我と自我は極端《きょくたん》に弱まって、エスに比重が置かれるようなんです。まぁ、これもさっき言った防衛機制のようなものですね」

「精神的な防御策、でしたっけ？」

「はい。IPSの対象は多岐《たき》にわたりますからねー。自我や超自我が働いている場合、好きになった相手によっては、今までの自分の価値観との間に大きな齟齬《そご》が生じて、精神がおかしくなる可能性もあります。けれど、自我や超自我がなく、エスだけだったらどうです？」

たった今藤田先生は、エスを気持ちいいか悪いかという判断だと言っていた。

ってことはつまり。

「相手が誰《だれ》でも、心理的に気持ちがいいから問題ない……ってことですか？」

「正解です」

にっこりと微笑まれて、確かにそうなのかもしれないと思った。

普通に考えたら、いきなり同性を好きになることを許容できるはずがない。俺だって、初めて自分の性癖《せいへき》に気付いたときは悩《なや》んだし、開き直るまでにはかなりの時間がかかった。

自我や超自我から――つまり現実的、道徳的に見たら、男を好きになることに対して慶吾だってもっと苦悩《くのう》したはずだ。

その苦悩を取り除くためにエスに重点が置かれ、そのせいで態度や考え方まで子どもっぽくなってしまっているということなのか。

ついでに言えばやっちゃいけないこともわからないし、空気も読めない、と……。

「……なんとなくですけど、わかりました」

正直、わかりたくなかった部分もあるけど。

「それはよかった。ほかには何か？」

「いえ、大丈夫です」

今度こそ俺はそう答えて頭《かぶり》を振《ふ》った。

「では、明日は土曜日なので少し早めにいらしてください。午後が休診《きゅうしん》のせいで、午前中から外来が混《こ》むので。……っと、鳴海さん！　どうぞ入っていいですよー」

藤田先生の言葉に、すっかり機嫌《きげん》を損《そこ》ねたらしい慶吾が渋面《じゅうめん》のまま入室してくる。そして、そのままずすたと俺の隣《となり》まで足を進めると、ぎゅうっと俺を抱《だ》きしめた。

「ちょっ、慶吾！」

「………」

人前で何をするのかと慌《あわ》てたけれど、ちらりと視線を向けると藤田先生は相変わらずの笑顔《えがお》を浮《う》かべている。

それどころか。

「隣の部屋とはいえ、引き離《はな》されて不安だったんでしょうねー」

なんて言って、まるで微笑ましいと言わんばかりに頷いている。

「まぁ、個人差はありますが、こういった症状《しょうじょう》も徐々《じょじょ》に落ち着いてきて、そのうち平気になりますから。昨日はずっと同じ部屋で過ごしたようですが、今夜あたりは別々の部屋にいても平気だと思いますよ」

「余計なこと言うんじゃねーよ」

藤田先生の言葉に慶吾はそう悪態をつくと、抱《だ》きつくのをやめて、俺の腕《うで》をぐいと強引《ごういん》に引く。

「帰る」

その子どもっぽい態度に、たった今聞いた話を思い出して、俺は苦笑をこぼした。

「ありがとうございました」

逆らわずにそのまま立ち上がって、俺は藤田先生に頭を下げ、慶吾と一緒《いっしょ》に診察《しんさつ》室を出る。

「お前、あいつと何話してたんだよ？」

「……たいしたことじゃない」

「本当か？」

「本当だって」

そう答えながら待合室へと向かって歩き出すと、慶吾は腕を掴んでいた手を離し、その手で俺の手を握《にぎ》った。

どきりとして咄嗟《とっさ》に手を引いたけど、慶吾の手は弛《ゆる》まない。

「お前な………」

放せという言葉が喉元《のどもと》まで出かかったけど、言うだけ無駄《むだ》かとあきらめた。

慶吾が決してやめようとしないということはもうわかっていたし、大体、こいつは今幼児と同じなのである。

それに、ここで言い合うほうがよっぽど悪目立ちするだろうし……。

どきどきする心臓を宥《なだ》めつつ、そんなことを考えて受付で支払《しはら》いのための番号札を取り、窓口の上にある電光掲示板《けいじばん》の番号と見比べる。

幸い、番号札の数字とそれほど離れておらず、たいして待たずに帰れそうだった。

空いていたベンチに並んで腰《こし》かける。

昼間の病院は明るいけれど、場所柄《ばしょがら》なんとなく空気が硬《かた》い。

そんな中で、いい年をした男同士が手をつないでいるという状況《じょうきょう》に苦笑《くしょう》がこぼれた。

慶吾は人前で手をつなぐなんて、相手が女性でも嫌《いや》がりそうなタイプだったのに……。

防衛機制、エス。

さっき聞いたばかりの言葉が、ぐるぐると脳裏《のうり》を巡《めぐ》る。

本当に、慶吾の言動は全《すべ》てIPSのせいなんだと、あらためて思う。

ひょっとして、なんていう希望はどこにもない。

けれど、本当にどこにもないのなら……。

「なぁ、明人」

物思いに耽《ふけ》っていた俺は、名前を呼ばれてはっと我に返り、慶吾を見つめた。

「なんだよ？」

「せっかくだから、このあとどっか寄ってこうぜ」

「どっかって？」

「んー？　そうだな。こっから二十分くらいのとこに、うまい和懐石《かいせき》の店があるから、そことか」

「いいけど……」

別に、体調がおかしくなるような病気でもないのだし、問題はないはずだ。

それにきっと、IPSが治ったらもう、そんな機会もないだろうし……。

こくりと頷《うなず》いた俺に、慶吾はうれしそうに目尻《めじり》を緩《ゆる》めてきゅっと握った手に力を込める。

その表情が本当にうれしそうで、俺はなんだか胸の奥がきゅんとしてしまった。

もちろん、この表情も全部IPSのせいなんだって、わかっているけれど……。

そう思いつつ、じわじわと熱くなる頬《ほお》を少しでも隠《かく》そうと俯《うつむ》いたとき、ポーンと軽い音がして俺は電光掲示板を見上げた。

そこには、番号札に書かれた数字が浮かび上がっている。

「ほら、さっさと払《はら》って行くぞ」

そう言って立ち上がった慶吾に手を引かれるまま一緒に受付へ行き、慶吾が支払いをするのを待つ。

慶吾は財布《さいふ》をポケットにしまうと、一旦離《いったんはな》した手を当たり前のようにつなぎ直した。

高校時代、自分からは触《ふ》れることすらできなかった手。

触れたら、自分の想《おも》いも全部伝わってしまうような、そんな気がしていた。

——本当にどこにも希望なんてないのなら……。

俺は、つながれた手をぎゅっと握り返した。

慶吾は一瞬驚《いっしゅんおどろ》いたように目を瞠《みは》ったけれど、すぐに相好《そうごう》を崩《くず》すとそのまま出口に向かって歩き出す。

見たこともないような、うれしそうな表情。

ぎゅっと握った手のひらの中の熱。

歩くたびに揺《ゆ》れる手と、離れては近付く踵《かかと》を見つめながら俺は、ひっそりと覚悟《かくご》を決めた。

慶吾がＩＰＳの間は、できるだけこの関係を楽しもう。

その代わり——ＩＰＳが治ったら、もう二度と慶吾には会わない。

幸いというべきか、慶吾と俺は最寄《もよ》り駅こそ一緒だけど生活圏《けん》はずれてるから、多少気をつけていれば、偶然《ぐうぜん》会うこともないだろう。

それに俺だけじゃなくて、慶吾だって俺の顔なんて見たくもないだろうから、俺のいそうな場所は避《さ》けるだろうし……。

そう思うと胸が痛んだけれど、仕方がない。

すでに体の関係も持ってしまった。

取り返しのつかないことを……俺はもうしてしまった。

けれど、だからこそ慶吾がＩＰＳの間だけは、開き直って一緒にいる時間を味わいつくしたい。

開き直りなんて最低だと思うし、ひどいわがままだと思うけど、慶吾にだって責任がないわけじゃないんだから、それくらいは許して欲しい。

慶吾が俺を好きでいてくれる今だけは、恋人《こいびと》としての時間を楽しみたい。

今だけ――――こうして、手をつなげる間だけだから……。

「あ、一応留守にするって管理人さんに言っといたほうがいいのかな」

服や身の回りのもの、ノートPCなどの仕事に使うものを運び込んだ車の、後部座席のドアを閉めつつ、俺はそう呟《つぶや》いた。

ここは、俺の住むマンションの駐車場《ちゅうしゃじょう》である。

和懐石のランチのあと、俺は慶吾に頼《たの》んで自分のマンションに寄ってもらうことにしたのだ。当座の生活に必要な荷物を運ぶためである。

本来なら昨日、慶吾のマンションに戻《もど》ったあと、車で取りに行くはずだったんだけど、あんなことになってしまったせいで、行けずじまいだった。

「慶吾、俺ちょっと管理人室に顔出してくるから——」

「俺もいく」

乗って待っててと言う前に、慶吾はそう言って車に鍵《かぎ》をかけてしまう。

「いいけど……管理人さんの前で手ぇつなぐのは禁止だからな？」

「ああ？」

「いやならついてくんな」

そう言ってもついてくるんだろうなと思いつつ、そう口にすると、案の定慶吾はしぶしぶとではあるけど頷いた。

それにちょっとだけ笑って、俺は自分から慶吾の手を取る。

「え？　おい……」

「管理人さんに見えないとこまでな」

本当は、自分から慶吾の手に触れたことに心臓が口から飛び出しそうだったけど、それを隠して俺は歩き出してしまう。

そして、管理人室の少し手前で手を離《はな》した。

「すみません、405号の二見ですが」

俺は管理人室に近付き、窓から声をかけた。

慶吾は黙《だま》って俺の斜《なな》め後ろに立っている。

「はいはい、どうしました？」

そう言いつつ、窓からひょいと顔をのぞかせたのは、白髪《しらが》交《ま》じりの髪《かみ》をした管理人さんだ。いつもにこにことしていて感じのいい人である。

「実は所用で二週間ほど留守にするので、お伝えしておこうと思って。荷物が届いたりはしないと思いますけど……」

「そうですか、わかりました。気をつけておきますね。――ああ、そうだ。新聞屋さんには連《れん》絡《らく》しました？」

「あ、そうか」

言われてみれば、二週間も留守にするとなると新聞の購読《こうどく》を停止しておく必要がある。郵便受けに新聞が溜《た》まっているのは、防犯上もよくないし……。

「ありがとうございます。うっかりしてました。連絡しておきます」

そう言うと管理人さんは、いえいえと軽く手を振《ふ》った。それからふと、思い出したというような表情になる。

「そうそう、そういえば」

「はい？」

まだ何か、し忘れたことがあっただろうかと俺は首を傾《かし》げた。

「昨日の夕方くらいに、お友達が訪ねてきてましたよ」

「え？　友人、ですか？」

思わぬ言葉に俺はぱちりと瞬《しばたた》き、それからはっとして息を呑《の》む。

ひょっとして、それって……。

「ええ。前に何度かお会いしたことのある男性で……」

――哲史だ。

今まで俺が部屋に連れてきた相手は、同僚《どうりょう》や生徒を含《ふく》めても数えるほどだ。

その中で、管理人さんに顔を覚えられるほど頻繁《ひんぱん》に来ていたのは、哲史しかいない。

それに……哲史以外の相手なら、なんの連絡もせずに突然《とつぜん》やってくるようなことはしないと思う。それほど親しくないっていうのもあるけど、くるなら携帯《けいたい》に連絡の一つもあるはずだ。

まぁ、生徒なら突然来ることもあるかもしれないけど、それならさすがに管理人さんが、友人だと誤認《ごにん》するのはおかしいし……。きっと着信拒否《きよひ》にしている携帯はもちろん、家電《いえでん》にも繋《つな》がらなかったから、直接やってきたに違《ちが》いない。

でも……。

「どんな男だ？」

そんな風に、ぐるぐると考え込んでいた俺は、慶吾の声にはっと我に返った。

「うん？　ええと、あなたは？」

突然横柄《とつぜんおうへい》な口調で話しかけてきた男に、管理人さんは戸惑《とまど》ったような表情になっている。

「俺のことはどうでもいいだろ。そいつはどんなやつだったかって――」

「ちょっ！　ちょっと、慶吾！」

俺は慌《あわ》てて慶吾の言葉を遮《さえぎ》ると、ごまかすように笑《え》みを浮《う》かべる。

「すみません、あの、ちょっと、行き違いがあったみたいで……。連絡してみます！」

もちろん本当に連絡しようと思ったわけじゃなかった。けれど、とりあえずこの場を離れるためにはそうとでも言うしかない。このままここにいたら、管理人さんの前で慶吾がとんでもないことを言い出しそうだ。

管理人さんに頭を下げると、俺は慶吾の腕《うで》を引いて足早にマンションの裏手にある駐車場へと向かった。

「おい、明人！　その男って……」

「ちょっと黙ってろよ」

こんなところでする会話じゃないだろうと思う。

しばらく留守にするとは言っても、あくまでそれは期間限定の話で、いずれは戻ってくるんだ。おかしな噂《うわさ》でも立ったら居たたまれない。

「いやだ」

なのに慶吾は俺の言葉にそう言うと、ぴたりと足を止めた。

そうなると、体格で劣《おと》る俺には慶吾を引っ張っていくこともできなくて、つんのめるようにして立ち止まってしまう。

「慶吾――――」

「今言ってた男ってのは、付き合ってたっていう男なんだろ？」

「っ……」

核心《かくしん》をつく言葉に俺はぐっと言葉につまり、それから慌ててあたりを見回した。

幸い平日の昼間という時間帯のせいか住民の姿はなく、ほっと胸を撫《な》で下ろす。

自動ドアを一枚隔《へだ》てているから、多分管理人さんにも今の声は届いていないだろう。

「どうなんだ？」

たとえ訊《き》かれたとしても、過去の恋人のことは現在の恋人には話さないほうがいいというのが、恋愛《れんあい》のセオリーだとわかってはいるんだけど……。

俺はちらりと慶吾を見上げた。

返答に迷って視線をふらふらさまよわせている俺とは対照的に、慶吾は不機嫌《ふきげん》そうに眉《まゆ》を寄せたまま、じっと俺を見つめている。

俺はあきらめて、ため息をついた。

この分じゃ、いまさら違《ちが》うといっても信じてもらえそうもないし、万が一信じてもらえたとしても、じゃあどんなやつなんだと問《と》い詰《つ》められそうな気がする。

それに、いつまでもこんなところで押し問答していたら、住民に見られる可能性もどんどん高くなっていくわけで……。

「……そうだよ」

頷《うなず》いた俺に、慶吾の眦《まなじり》がきつくなる。けれど、きつい眼差《まなざ》しの中にどこか揺《ゆ》らぐものが見えた気がして、俺はどきりとして息を呑んだ。

「まさか、まだ続いてんのか？」

こんな風にあからさまに妬《や》いてますって顔されるのを、うれしいと思ってしまうどうしようもない気持ちもないわけじゃない。

けど……。

「――――そんな顔、すんなよ」

思わず俺はそう言って、慶吾の腕を掴んだ手に力を込めた。

昨夜も思ったけど、やっぱり俺は慶吾に嫉妬《しっと》されるのが苦手みたいだ。

多分、俺自身がずっと神原に対して妬心《としん》を抱《いだ》いていたせいだと思う。

慶吾が神原と付き合っていると知ったときのあの、何もかもが遠くなるような、心が乖離《かいり》するような……心だけが行き止まりの道の前で立ちすくんでいるような、そんな薄暗《うすぐら》い気持ち。

それを思い出すと、慶吾にはそんな気持ちを味わってほしくないと思ってしまう。

「もう連絡も取ってないし、慶吾が心配するようなこと、ないから」

気付いたら、そう口にしていた。

慶吾の目が驚《おどろ》いたように瞠《みは》られて、それからほっとしたように弛《ゆる》む。その表情にどきりとして、俺はぱっと慶吾から視線を逸《そ》らした。

たいしたことを言ったわけでもないのに、そんな顔をされるとなんとなく気恥《きは》ずかしい。

俺は慌てて慶吾の腕から手を離《はな》すと、逃《に》げるように車へ向かった。

とはいえ、車の鍵《かぎ》を持ってるのは慶吾だし、どこに逃げられるわけでもないんだけど。

慶吾は俺のあとから悠々《ゆうゆう》とやってくると、鍵を開けて車に乗り込んだ。

俺は慶吾の顔が見れないまま、のそのそと助手席に収まる。

シートベルトを締《し》めてから車の窓に視線を向けると、さっきまでの不機嫌が嘘《うそ》みたいな上機嫌《じょうきげん》の慶吾が映っていた。

嫉妬心を打ち消してやりたくなってついあんなこと言っちゃったけど、慶吾みたいに図太いやつには不要だったかもしれない。

考えてみれば、俺は昨夜『付き合ってる相手がいる』って言ったのに、慶吾は勝手に『付き合ってた相手って、男なのか？』とか、過去形にしてたし。

恥《はじ》かき損だったかもな……。

俺は思わずため息をこぼした。

それにしても――哲史がわざわざここまできたなんて……。

とりあえず、鉢合《はちあ》わせしなくてよかったとは思う。

もし昨日、慶吾が俺を押し倒《たお》すようなこともなく普通《ふつう》にカレーを食べて、そのあと予定通りマンションに荷物を取りに戻《もど》っていたら……と思うとぞっとした。

さっき管理人さんに突然質問したことからもあきらかだけど、慶吾はＩＰＳの影響《えいきょう》で状況《じょうきょう》に配慮《はいりょ》することなんてできない状態だ。哲史に会っていたらとんでもないことになっていた気がする。

けど正直、意外だった。哲史のことだから、着信拒否にされたとわかったらあっさりあきらめて、今頃《いまごろ》は浮気《うわき》相手とうまくやっているんじゃないかと思っていたのに……。

やっぱり自然消滅《しょうめつ》を待つんじゃなくて、もう一度ちゃんと話し合うべきなんだろうか？

とはいえ、それも慶吾のＩＰＳが治ってからじゃないとどうしようもないんだけど……。

そんなことを考えているうちに、車は慶吾のマンションへと到着《とうちゃく》した。

徒歩でも来られないわけじゃない距離《きょり》なんだから当然だけど、めちゃめちゃ近い。けど、俺のマンション以上に、ここは哲史のマンションに近いんだよな。

うっかり顔を合わせたりしないように気をつけたほうがいいかもしれない。

そう思いつつ一旦《いったん》車を下り、後部座席に積んだ荷物を運び出した。

衣類の入ったバッグを肩《かた》にかけてから、書類や教科書の入った重い紙袋《かみぶくろ》とPC用のバッグを持つ。ドアを閉めた途端《とたん》、手に持っていた紙袋とPCバッグを、いつの間にか助手席側に回ってきていた慶吾に奪《うば》われた。

「ほら、行くぞ」

一瞬《いっしゅん》何が起きたのかと思って呆然《ぼうぜん》としていた俺は、慶吾に手を摑まれて慌てて歩き出す。

「——……あ、ありがと」

慶吾が進んで荷物を持ってくれるなんて、意外すぎてうっかり感動してしまった。

駐車場《ちゅうしゃじょう》から直通のエレベータに乗り込みながら、こういうとき普段《ふだん》なんにもしないやつって得だよな、と思う。

ちょっと荷物持ってくれただけで、すごいことしてもらってる気になるし……。なんていうか、昨日まで不真面目《ふまじめ》だった生徒が、突然《とつぜん》真面目に授業に出てきてくれたときみたいな？

意外だと驚く気持ちと、愛《いと》おしさ。そしてこんな程度でという、自分の単純さに対するちょっとした呆《あき》れるような気持ち。

それらが合わさって、胸の奥がふわりと温まる。

けど――……これも全部病気のせいなんだよな……。

ついつい、そう考えてしまって、たった今温まったばかりの胸の熱が冷めていくのがわかった。

恋人《こいびと》としての時間を楽しむって、決めたはずなのに……。

つながれたままの手を見ながら、うまくいかないもんだな、とそっとため息をこぼす。俺自身は、慶吾の思いが偽《いつわ》りだと知っているんだから、当たり前かもしれない。

それでも、せめて自分の気持ちを否定することだけはしないでおこうと思う。

自分の気持ちを慶吾が受け取ってくれるのは、今だけなんだから……。

チン、という軽い音とともにエレベータのドアが開いた。

その瞬間《しゅんかん》。

「せーんーせーいー？」

「ひ……っ」

確かに女性の声なのに、まるで地の底から響《ひび》くように低く昏《くら》い声がして、俺は小さく悲鳴を上げた。

見ると、エレベータの右斜《なな》め前、慶吾の部屋寄りの場所に女性が一人、立っていた。

どこか鬼気迫《ききせま》る表情のせいで台無しだけど、かなりの美人だ。髪《かみ》は小さな顔と細い首が引き立つような短めのボブで、落ち着いた色のパンツスーツを着ている。

俺は慌《あわ》てて、つないだままだった手を振《ふ》り解《ほど》いた。文句を言うかと思った慶吾は、ただ相手を忌々《いまいま》しそうな目で見つめている。

「慶吾……？」

そんなに気に食わない相手なのかな？

そう思いつつ、俺は相手をもう一度見つめた。

慶吾を『先生』と呼んだということは、おそらく編集者なんだろう……けど。

あれ？

気のせいだろうか？　なんとなく、どこかで見たような……。

そう首を傾《かし》げたとき、彼女の視線が俺を捕《と》らえた。ぱっちりとした大きな瞳《ひとみ》が驚いたように瞠られる。

「二見くんっ？」

「え？…………あっ！」

名前を呼ばれたことだけでも驚いていた俺は、彼女の正体に気付いてぎょっと目を瞠った。

「まさか……神原？」

まさかとは言ったものの、こうしてよく見てみると、高校時代の面影《おもかげ》はばっちりあるし疑う余地はない。

黒くて長かった髪はバッサリと短くなっているし、色も少し明るい。けれど、顔はもともと美人のせいもあるのか、メイクで大きく変わるということもなく、大人っぽくはなってはいるけど、見違《みちが》えるような変化はない。

ぱっと見で気付かなかったのは、髪形《かみがた》と最初の鬼気迫る表情、そしてこんなところに神原がいるはずがないという思い込みのせいだろう。

けど、どうして神原がここに……？

「覚えてくれたんだぁ。久《ひさ》し振《ぶ》りだね！　元気だった？　この辺に住んでるの？」

矢継《やつ》ぎ早《ばや》の質問に目を白黒させつつも、俺は頷《うなず》いた。

その質問の答えは全《すべ》てＹｅｓだから問題はない。

「わ、どうしよ。こんなことならもっとちゃんとしたカッコで来ればよかった……！」

恥《は》ずかしそうにそう言って顔に手を当てる様子を見ていたら、ついつい笑ってしまう。

「神原、変わんないな」

すごい美人なのにさばさばしていて、でもときどきこんな風にてんぱってぱたぱた動いているところはかわいくて……。

慶吾の恋人だったことを思うと、胸が捻《ねじ》れそうに痛むのに、とてもじゃないけど憎《にく》む気にはなれない。

「変わんないって……ちょっとは美人になったとか言ってくれてもいいのに」

「あ、ごめん」

「うそだよ。二見くんこそ、変わってない」

焦《あせ》って謝罪した俺にそう言って、神原はくすくすと声を立てて笑う。

その笑顔《えがお》を見たら、ますます高校時代と変わらないという思いが強まった。

「――あれ？ けど、今神原、慶吾のこと『先生』って……」

「あ！ そう！ そうだった!!」

神原は俺の言葉に、ハッとしたように顔を上げると、慶吾を睨《にら》みつける。

慶吾のほうはといえば、まるで苦虫《にがむし》を嚙《か》み潰《つぶ》したような苦々しい表情になっていた。

「鳴海センセイ、今日が何日だか、ご存知ですよねぇ？」

神原はそんな慶吾に全く怯《ひる》むことなく、昂然《こうぜん》とあごを上げて言う。

「……うるせーな」

「うるさい？ 今、うるさいっておっしゃいましたー？」

にこにこと微笑《ほほえ》む表情に、高校時代には見られなかった迫力《はくりょく》がある。

「俺は今忙《いそが》しいんだよ。さっさと帰れ」

「帰ってほしかったらさっさと原稿《げんこう》出せって言ってるの！」

「……メールで送る」

「そう言って送ってこない上に、全く連絡《れんらく》が取れなくなったから、わ・ざ・わ・ざ、ここまで取りに来てるんだけど？」

言葉遣《ことばづか》いはいつの間にか、聞きなれたものに変わっていた。どうやら『先生』呼びや敬語は単なる嫌味《いやみ》だったらしい。

そして、やり取りを聞いている限り、やはり神原は編集者を——しかも、慶吾の担当をしているようだ。

つまり、別れたあとも二人はずっと親交があったってことか？

最初の驚《おどろ》きと、久々に旧友に会ったという慕《した》わしさが落ち着いてきたせいもあって、俺はショックでぐらぐらしてきた。

「もう、本当にいい加減にしなさいよ？　っていうか、どうしてここに二見くんがいるのよ？」

「俺の恋人だからに決まってるだろ」

「はぁっ？」

さらに言い合う二人を尻目《しりめ》に落ち込んでいた俺は、頓狂《とんきょう》な声を上げた神原に、ようやく我に返る。

「二見くんがあんたの恋人って……やめてよ。なんの冗談《じょうだん》？」

「冗談なんかじゃねーよ」

「ちょっ、慶吾！　ち、違《ちが》うんだ、神原、これには事情があって」

　ショックを受けている場合じゃなかった。俺は二人の間に無理やり割って入る。

「違わないだろ」

「そうよね。二見くんが慶吾となんて、そんなわけないよね」

　途端《とたん》慶吾は、むっとしたように俺を睨み、神原は反対にほっとしたような表情になった。

　そんなわけない、という言葉に内心傷つきつつ、俺は神原に慶吾がIPSという特殊《とくしゅ》な病気に罹《かか》ったことと、現在の状況《じょうきょう》――病気の対象が俺で、そのせいで慶吾としばらく同居することなんかを説明する。

「だから、慶吾が俺を恋人《こいびと》だって言ったのは病気のせいなんだ」

「ちょ、ちょっと、待って。えーと……もう一度聞きたいんだけど、そのIPSとか、そのせいで、慶吾が二見くんを好きになっちゃったとかって……本気なの？」

　神原はこわばった表情で、信じられないというように言った。

　そりゃそうだろうと思う。

　俺だって、これが人から聞いた話ならなんの冗談だと一笑《いっしょう》に付したに違いない。けれど、これは正真正銘《しょうしんしょうめい》真実なのだからしょうがない。

「うん……。俺もちゃんと病院で説明受けたから、間違《まちが》いないと思う」

苦笑しつつ肯定《こうてい》すると、神原は大きなため息をついた。

やっぱり、元彼が病気のせいとはいえ同性を好きになってしまったというのはショックだよな、と思う。

「なんてこと……」

「別に、俺は病気だから明人を好きになったわけじゃ――――」

「あんたは黙《だま》ってて！」

むっとしたような慶吾の言葉を、神原が一蹴《いっしゅう》する。慶吾相手にこんな態度を取れるのはやっぱり神原ならではだろう。

それが親しさの証明な気がして、胸がずきずきと痛んだ。

付き合う前の二人は、いつもこんな感じだった。

どうして別れたかは知らないけど、きっと別れるときは円満に別れたに違いない。

二人とも好き嫌《きら》いのはっきりしたタイプだし、特に慶吾は神原が嫌いなら一緒《いっしょ》に仕事なんてしてないと思うし。

けど……本当に仕事だけの関係なんだろうか。

「あのさ、ひょっとしてお前ら……」

「え？」

「――いや、神原って慶吾の担当なんだ？」

「うん、実はそうなの」

やっぱり、別れたあとも親交があったのか、なんて訊《き》けなくて、ごまかすようにそう訊いた俺に神原があっさり頷く。

そして、スーツのポケットから名刺《めいし》入れを取り出し、俺に一枚差し出した。

礼を言って受け取る。見るとそこには神原咲紀という名前と出版社名、部署名が書いてあった。

本を読まない人間でも知っているような、大きな出版社だ。

慶吾が仕事をしているのはここともう二社あって、その二社とはずっと長く仕事をしていたと思う。

神原の会社から本が出るようになったのはつい最近のことで、出ている本はまだそう多くはない。

ひょっとしたら神原が入社したから、慶吾がここで書き出したのかもと思ったら、また少し凹《へこ》んだ。

「すごいな」

落ち込んだ気持ちを隠《かく》してそう口にすると、神原は照れたように笑う。

「ありがと。二見くんは学校の先生だっけ？」

「あ、うん」

思わず頷いてから、あれ？　と首を傾《かし》げた。

「なんで知ってんの？」

「恩田《おんだ》くんに聞いたの。年末にクラス会あったでしょ？　わたし出席できなかったんだけど、そのときに電話で」

「あぁ、そっか」

そう言えば、恩田からクラス会の件で連絡が来たと、母さんから電話があったな、と思う。母さんには、高校時代の友人から連絡先《れんらくさき》を訊かれても絶対に教えないで欲しいと頼《たの》んでおいたから、人間関係に問題でもあったのかと気を揉《も》んでいただろうし、安心したのもあったんだろう。

はがきだけでなく電話まであったと、暗に薄情《はくじょう》を責められて、恩田に電話をしたんだった。そのときにやっぱり、薄情を咎《とが》められるのと同時に心配されたりもして、つい近況《きんきょう》をこぼしたのである。

「二見くんが先生って、すごく向いてそうだよね」

神原はそう言ってにこにこと微笑んだかと思ったら、ハッとしたように「そうじゃなくて」と言って慶吾を見上げた。

「その病気って、仕事には影響《えいきょう》ないよね？」

「さーな？」

「ないよね？」

慶吾のとぼけた答えに埒《らち》が明《あ》かないと思ったのか、もう一度俺を見て神原が言う。真剣《しんけん》な表情に思わず悪いことをしてるような気分になりつつ首を傾げた。

「ちょっと、俺にはわかんないけど……」

そういえばどうなんだろう？

家事をしたり、車の運転をしたりといった日常生活に必要なことをするのは問題ないって言われたけど。

「医者に訊いてみないことには、なんとも言えない……かも」

「そう……」

神原はそう言って、少し考え込むように俯《うつむ》いて口元に触《ふ》れた。

「病院、次はいつ行くの？」

「いつって言うか、毎日だから明日も行くけど」

「――――わかった。わたしも行く」

思い切ったように顔を上げた神原は、そう言うと大きく頷《うなず》く。

「え？」

「明日わたしも同行する。ちゃんと聞いておきたいし。幸い土曜日だし、ちょうどいいわ」

突然《とつぜん》の申し出に面食《めんく》らった俺に、神原はそう繰《く》り返した。

「神原も？」

「うん」

つい驚きのあまり訊き返してしまったけれど、神原の立場からしたら当然のことかもしれない。

というか、むしろこうして神原が現れるまで、慶吾の仕事関係のことを何一つ片付けていなかったことに気付いて愕然《がくぜん》とした。

やっぱりなんだかんだ言って、俺も相当てんぱってたってことかもしれない。

神原が帰り次第《しだい》、ほかの出版社との仕事がどうなってるかも、慶吾に確認《かくにん》するべきだろうな……。

俺は神原からもらった名刺《めいし》に視線を落としてため息をつく。

「じゃあ、とりあえず明日は一緒に――」

「来んなよ。うぜーな」

俺の言葉を遮《さえぎ》るように、慶吾がそう悪態をついた。けれど、神原はさらりとそれを無視して俺を見る。

「何時に行くの？」

「えっと……」

「答えんな」

すかさず慶吾が口を挟《はさ》んだ。そのことになんとなく複雑な気持ちになる。

俺だって、明日も神原と顔を合わせるのかと思うと気が重い。いや、神原と顔を合わせるのがっていうか、慶吾と神原が顔を合わせているのを見るのが、というべきか……。

だって、見ればやっぱり二人が同棲《どうせい》していたことや、恋人同士だったということを、考えずにはいられない。

だから、慶吾がこうして神原を排除《はいじょ》するようなことを言ってくれるのは、IPSのせいだとわかっていても少しうれしい。

神原に非はないから、本当に失礼な話だとは思うけどさ。

でも……。

「なんでそんなに邪険《じゃけん》にすんのよ？」

「邪魔《じゃま》だからに決まってんだろ。とにかくとっとと帰れ」

「帰ってほしかったら、さっさと病院に行く時間を教えなさいよ！　あと原稿寄越《げんこうよこ》せ。っていうか、実際問題今どこまでできてるの？」

そう思うのと同時に、こんな風にぽんぽん言い合っている二人を見ていると、心の中にどんどんともやもやが広がっていく気がする。

二人がどの時点まで付き合っていたのかは知らないけれど、少なくとも俺が慶吾と完全に没《ぼっ》交渉《こうしょう》だった間も、二人にはずっと接点があったことは間違《まちが》いないだろう。

いや、接点があったというか――……二人は本当に別れているんだろうか？

ふと、そんな疑問が浮《う》かんで、ぎくりとする。

邪推《じゃすい》かもしれない。

でも考えてみれば、俺は慶吾に神原とのことを確認したわけじゃなかった。

昨日藤田先生に言っていた、俺以外に恋人《こいびと》はいないなんていう発言も、ＩＰＳの意識下から出たものだろうし……。

背筋を冷たいものが這《は》い上がってきて、俺は体を震《ふる》わせた。

そう思うとさっき、慶吾が俺を好きになってしまったと知ったときの神原の様子も、元彼にしては過剰《かじょう》だった気がする。

いや、でもそれだったら、神原が何も言わないのはおかしい。

やっぱり……確認、してみるべきだよな。

確認して、もし今も付き合っているというならちゃんと謝って、こんなのは病気が治るまでの間だからって説明して……。

そう思うのに、口が動かない。

まるで、喉《のど》の奥が張り付いてるみたいに、声が出ない。

神原が慶吾から病院の時間を聞き出して、原稿《げんこう》をできてるとこまででいいから一旦《いったん》メールするようにと念を押している間も、何も言えずに突《つ》っ立っていることしかできなかった。

「それじゃ、二見くん、また明日ね」

「あ……うん」

そうして、結局俺は神原がエレベータに乗り込むのをただ見送ってしまう。

神原の姿が見えなくなった途端《とたん》、どっと体から力が抜《ぬ》けてへたり込みそうになった。

同時に、なんで訊《き》かなかったんだと責める気持ちより、安堵《あんど》する気持ちのほうが強いことに気付く。

神原が目の前からいなくなったって、問題が消えたわけじゃないのに……。

「明人？　どうした？」

「っ……」

慶吾の声に、ぼんやりとエレベータを見つめていた俺はどきりとして息を呑《の》んだ。

見ると慶吾は不思議そうな顔で、俺を見つめている。

「何考えてた？」

「えっ」

慶吾は多分、俺がぼんやりしているように見えたから訊いただけだろう。

けど、疚《やま》しいところのある俺はうろたえて、視線を落とした。

「――……お前の仕事のことだよ」

「本当か？」

「うん。もっと早く連絡《れんらく》とかしなきゃいけなかったよなって……。ほかの出版社は大丈夫《だいじょうぶ》なのか？　仕事してるの、神原のとこだけじゃないだろ？」

「……知ってるのか？」

「え？」

ごまかすために、考えながらしゃべっていた俺は、慶吾の言葉に何かおかしなことを言っただろうかと首を傾《かし》げた。

「な、何が？」

「俺がどこで書いてるか、とか」

「ああ、そのことか」

ほっと胸を撫《な》で下《お》ろす。

「一応、本になってるのは全部読んでる……と思う」

本当は、本になってるのだけじゃなくて、雑誌とか、インタビューとかまでチェックしてるけど。

「お前の書く話は昔からずっと、好きだったから」

言いながら、昔も口にした言葉だ、と思う。

――慶吾の書く話、好きだ。

そう言ったとき、慶吾は『お前に言われてもな』とバカにしたように笑ったっけ。

けれど。

「そっか……ふぅん」

やさしい声がして、俺は驚《おどろ》いて顔を上げる。

そうして、目を瞠《みは》った。

――慶吾は笑っていた。

うれしそうな、照れくさそうな、笑顔《えがお》。あの日見せたバカにしたようなものとは全然違《ちが》う。

そう思った途端、胸の奥がぎゅっと軋《きし》んだ。

目の奥が焼けるように熱い。気付いたときには堪《こら》えようもなく、ぽろりと涙《なみだ》がこぼれていた。

自分がどうして、こんなにショックを受けているのかがわからなかった。

IPSのせいだと知っているから？　本当の慶吾は、俺を好きなわけじゃないから？

それだけじゃない気がした。けれど、それ以上の理由は思いつかない。

「明人？」

慶吾が驚いたように俺を呼ぶのを聞きながら、俺はぐいっと涙をぬぐった。

「……なんでもない」

「なんでもないわけないだろ」

慶吾は俺の言葉に、むっとしたように眉《まゆ》を顰《ひそ》める。

けれど自分でも理由がわからないのに、慶吾に説明できるはずもない。

「明人」

「……びっくりしただけ」

悩《なや》んだ結果俺が口にしたのは、そんな言葉だった。

「びっくり？」

思った通り慶吾は、納得《なっとく》のいかない表情をしている。

「まさか、神原に会うと思ってなかったし……こんな、お前が俺を好きになったとか、お前と一緒《いっしょ》に住んでるとか、そんなの知られたくなかったのに、お前、勝手にばらすし、神原にゲイだって思われるかと思って、めちゃめちゃ焦《あせ》ったし」

考えつつなんとか搾《しぼ》り出した言い訳は、そんなんで泣くとかありえないだろうと自分でも思うようなものだった。

けど、こんなことしか思いつかないんだからしょうがない。

「つまり……咲紀のせいか？」

「神原じゃなくて、お前のせいだよっ」

理由はわからないけど、それでも慶吾のせいなのだけは間違いないから、俺ははっきりと言い切って慶吾を睨《にら》んだ。

なのに、慶吾は全く応《こた》えた様子もない。

「俺は本当のことを言っただけだろ」

「一番大事な部分を省いたくせに、えらそうな顔すんな！」

俺はそう怒鳴《どな》ってから、わざと大きなため息をついた。

なんかおかしな方向にいったけど、とりあえずこれ以上突っ込まれなくてすみそうだ、と思う。

「――もーいいから、さっさと部屋に入れてくれよ」

そう言うと案の定、慶吾はどこか不満気ではあったけど、おとなしく部屋の鍵《かぎ》を開けてくれたのだった。


翌日。

「どーすんだよ。藤田先生にも、お前の仕事相手が顔出すって言ってあんのに」

慶吾の運転する車の中で俺はそう文句を言い、ため息をこぼした。

それに神原だって、絶対に怒《おこ》っているだろう。昨日の剣幕《けんまく》を思えば、それは間違《まちが》いないと思う。

「ったく――……お前が神原に謝れよ？」

「知るか。あいつが勝手に来るって言っただけで、俺は許可してねーし」

にらみつけた俺に、慶吾はステアリングを切りつつ、そう嘯《うそぶ》いた。

表情はどちらかといったら満足気で、罪悪感はこれっぽっちもないように見える。

現在、午前八時を回ったばかり。

昨日の話では九時くらいに家を出るってことだったたから、当然神原は同乗していない。

朝食の準備をやたら急《せ》かすと思ったら……。どうやら慶吾は最初から神原が来る前に家を出るつもりだったらしい。

「……なんでそんなに神原を避《さ》けるんだよ？」

ひょっとして、本妻と愛人が顔を合わせるみたいで気まずいからじゃないだろうな？　と考えて、すぐにそんなわけがないと思い直す。

こいつの頭は今、そういう状況《じょうきょう》を気まずいと感じることがない状態なんだし……。

「お前こそ、どうしてそんなに咲紀に会いたがるんだよ？」

なんて考えてた俺は、慶吾にそう言われて瞬《しばた》いた。

見ると慶吾はどこか疑わしいというような目で俺をちらりと見つめる。

「……昨日も思ったんだけど、お前まさか咲紀のことが好きなんじゃねーよな？」

「はぁ？」

思わぬ台詞《せりふ》に、俺はぎょっとして目を瞠った。まさかそんなことを言われるなんて、考えたこともない。

「……そんなわけがないだろ」

俺が神原をって、どうしてそんな思考になるのか？

わからない。いや、この空気の読めなさもエスが活性化してるせいなのか。

思わず脱力《だつりょく》して、俺はぐんなりとシートに背中を預けた。

けれど、慶吾はまだ気がすまなかったらしい。

「ならなんで、泣いたんだよ？」

「なんでって……」

慶吾が言っているのはもちろん、昨日のことだろう。

あのときは、なんかいろいろショックで、思わず泣き出してしまったけど、とりあえず神原のせいじゃないことは伝えたはずなのに……。

「だから、お前が神原の前でカムアウトしたりするから、神原にゲイだと思われたんじゃないかって動揺《どうよう》して……」

何度言っても、われながら苦しい言い訳だと思う。なんだか慶吾に再会して以来、言い訳してばっかりだな、とも。

けど、これ以上どう言っていいかわからない。だって、慶吾に『神原と今も付き合ってるのか？』なんて訊《き》いても、否定されるだけなのはわかっている。

しかも、それが本当なのか、ＩＰＳのせいでそう思い込んでいるだけなのかは確かめられないのだから、訊くだけ無駄《むだ》だ。

神原に訊けば、はっきりするんだろうけど……。

「咲紀にバレて動揺って……」

見え見えな嘘《うそ》をつくなとばかにされるかと思ったら、慶吾は思いのほか真剣《しんけん》な表情になっていて、なんとなくどきりとする。

「な、なんだよ？」

別に疚《やま》しいところなんてないという振《ふ》りで、俺は真っ直《す》ぐ慶吾を見つめた。

「咲紀のことが好きだから、動揺したんじゃねーの？」

「……は？」

神原が好きだから……って。

「だからっ、違《ちが》うって言っただろ！」

そこに戻《もど》ってくるのかと呆《あき》れつつ怒鳴る。

「ならいいけどな。お前は俺のなんだから、浮気《うわき》とか絶対にするなよ」

俺は慶吾の言葉にため息をつき、視線をそらした。

――お前は俺のなんだから、浮気とか絶対にするなよ。

窓の外を流れていく景色を眺《なが》めつつ、慶吾が言った言葉を反芻《はんすう》する。

結局、今日慶吾が神原を避けたのは、嫉妬《しっと》していたってことなのか……。

「……浮気とか、ありえないし」

思わず口の中で呟《つぶや》いた。

なんだかまた、別の意味で頬《ほお》が熱くなってくる。

けれど、心の中は冷たいものと温かいものが同時に注がれたみたいだった。うれしいような悲しいような気持ち。

慶吾が向けてくる真っ直ぐな好意は、新鮮《しんせん》でうれしい。

けどうれしいと思えば思うほど、こんな言葉も、表情も、全部病気のせいなんだよなと思ってしまう。

開き直って楽しむって決めたのに……やっぱり簡単にはうまくいかないもんだな。

多分、俺は切り替《か》えが下手《へた》なんだろう。

ため息をつきつつ、今はそれよりも神原と藤田先生への謝罪のことだよな、なんて善後策について考えていたんだけど……。

「あれっ」

病院に着くと、そこにはすでに神原が到着《とうちゃく》していた。

「おはよう、二見くん」

昨日のパンツスーツとは打って変わった、春らしい明るい色のニットとスカートという装いでにっこりと微笑《ほほえ》んでいる。

もちろん病院という場所柄《ばしょがら》を考えてか華美《かび》なものではないけれど、着てるのがすごい美人だから、十分に華《はな》やかに見えた。

「おはよ……」

そんな神原に挨拶《あいさつ》を返して、俺はちらりと慶吾を見る。

思った通りうんざりしたような表情になっていた。

「――なんで、お前がここにいるんだよ」

「あんたのすることなんてお見通しなのよ」

鼻で笑う神原に、慶吾は腹立たしげに舌打ちする。

俺はそんな二人に苦笑《くしょう》して、とりあえず受付へと促《うなが》した。

そして受付を済ませると、慶吾はいつも通り検査室へと向かうことになる。

俺と神原が二人で残されるのが不満らしく、機嫌《きげん》は最悪だったけどさっさと終わらせて帰ろうといったら何とか向かってくれた。

「あ、そうだ。昨日電話で神原のこと話したら、慶吾が検査してる間に少し時間とってくれるって言ってたから」

「えっ、わざわざ連絡《れんらく》してくれたの？」

ぱちぱちと瞬いた神原に「ついでがあったから」と言うと、大げさに感謝されてしまう。

実際はあのあと落ち着いて考えてみたら、俺は別に診察《しんさつ》に付き合う予定はないのだということを思い出して、時間をとってもらえるか確認《かくにん》するために慌《あわ》てて連絡したんだけど。

　昨日も俺が急に言い出して時間とってもらったから、さすがに二日連続当日に言い出すのは気まずいと思ったというのもある。

「じゃ、行くか。少し待たされるとは思うけど……」

　そう俺は神原を促して、藤田先生の診察室へと向かったのだった。


「大体のお話はわかりました。で、単刀直入にお訊きしますけど」

　藤田先生の説明を一通り聞いたあと、神原はそう言ってわずかに身を乗り出した。

　慶吾のほうは検査中でここにはいない。

「はい、なんですか？」

「慶吾が二見くんを無理やり襲《おそ》ったりする危険性はないんですか？」

「っ、ちょ、ちょっと神原っ」

　何を言い出すのかと焦《あせ》る俺に構わず、藤田先生はにっこり微笑んで頭《かぶり》を振った。

「大丈夫《だいじょうぶ》ですよ。まぁ、患者《かんじゃ》さんの性格にもよりますが、本当に嫌《きら》われるような事態はできるだけ避《さ》けようとするはずですしね」

「もともとの性格ですか……やっぱり心配だなぁ。二見くん、大丈夫？」

「大丈夫に決まってるだろ」

本当はとっくに流されちゃってるわけだけど、嘘は言ってない。強引《ごういん》ではあったけど結局は合意で、無理やりではないし、と心の中で言い訳をする。

「それじゃ、僕も単刀直入にお訊きしますが、神原さんは鳴海さんの恋人《こいびと》じゃないんですか？」

その質問に驚《おどろ》いたのは、神原よりもむしろ俺のほうだっただろう。

訊かなきゃいけないと思っていて、でもできなかった質問だ。

神原はどう答えるんだろう？

「わたしと慶吾が？　そんなのあるわけないじゃないですか」

……あれ？

呆れたといわんばかりの声に、俺はぱちりと瞬《しばたた》いた。

「あるわけない、ですか？」

藤田先生が俺の心を代弁するようにそう言って、苦笑する。

「ないない。絶対ないです。あいつとは単なる仕事上の付き合いです」

繰《く》り返す神原の声も表情も苦笑交じりで、嘘をついたり照れ隠《かく》しをしたりしているような気配はまるでなかった。

——なんだ。

俺は内心ほっと胸を撫《な》で下ろした。

けれど、だったらどうして、慶吾が俺を襲ったりしないかなんて気にするんだろう？

って、やっぱり元彼が病気とはいえ、男と関係するなんていやに決まってるか。

そう思うとすでに関係をもってしまった身としては神原に悪いと思うけど、二人が現在恋人同士じゃないことを確認できて、正直随分《ずいぶん》心が軽くなった。

「それで、その仕事のことなんですけど」

俺がそんなことを考えている間に、神原はさっさと次の話題へと移っている。

「特に体調を崩《くず》したりはしないってことは、仕事も可能ですよね？」

「うーん、正直難しいと思いますよ」

神原の問いに、藤田先生はあっさりそう言った。

「えっ、なんでですか？」

「さっきもちょっとお話ししましたが、この病気は脳にさまざまな影響《えいきょう》を及《およ》ぼしています。その一つとしてエスに比重が置かれるって言いましたよね？」

「ええ、聞きましたけど……」

神原は納得《なっとく》できないという表情のまま、しぶしぶ頷《うなず》く。

「そのせいで、初期段階ではほとんどの患者さんが仕事に対して意欲《いよく》をみせないんですよ。仕事が趣味《しゅみ》だというタイプの人でも、IPSの間は対象に対する興味が勝ってしまうようです」

俺の知る限り慶吾の仕事に対するスタンスは、慶吾の性格からすると意外なほど真摯《しんし》だったけれど、書くのが趣味というのとも少し違う気がした。

なんにせよ、この二日間は全く執筆《しっぴつ》活動をしていなかったことは確かだ。

「まぁ、その点については、もう少し症状《しょうじょう》が落ち着いてくればできなくはないんですが、そのほかにも普通《ふつう》の会社勤めの人だと、対象が近くにいなければならないという状況《じょうきょう》から無理なことが多いです。鳴海さんの場合は在宅なのでその点は問題ないですが、今度は逆に作家というお仕事の性質が問題になりますね。考え方や価値観が全く変わってしまっている状況《じょうきょう》ですから。今まで書いていたような作品を書くのは無理だと思いますよ」

「そうですか……」

神原は藤田先生の言葉にそう言って、考え込むように沈黙《ちんもく》した。

やっぱり、いろいろとショックなんだろう。昨日の様子だと随分切羽詰《ずいぶんせっぱつ》まった状況だったみたいだし……。

慶吾だって、本当はこんなことで仕事に穴を空けるのは、本意じゃないと思う。

「やっぱり、調整するのは難しいのか？」

思わずそう訊《き》いた俺に、神原はため息をこぼした。

「そりゃそうよ。慶吾の代わりになるような作家、すぐに見つかるわけないし……でも」

不意に神原が顔を上げる。

「敢《あ》えてチャレンジしてみるのも面白《おもしろ》いかも」

「え、チャレンジ？」

予想外に前向きな言葉が出たことに驚く。

「だって、価値観が変わっても、文章力がなくなったわけじゃないんでしょう？　そうですよね？」

前半は俺に、後半は藤田先生に向けられた言葉だった。

「え、ええ……まぁそうですね」

藤田先生は戸惑《とまど》ったような表情をしていたけれど、わずかに考えたあと曖昧《あいまい》に頷く。

「だったらいけるわ。インタビューとエッセイについてはさすがに無理だろうし、連載《れんさい》中の話の続きも無理だろうけど、新作で書き下ろす分には価値観が変わっててもそれはそれで新境地とかなんとか言えなくもないし！」

「そ、そうか？」

なんだか強引な理論な気がするけど、気のせいだろうか？

けれど、神原はそんな俺の疑問をあっさり否定した。

「そうだよ！　そのときの恋愛《れんあい》次第《しだい》で全く違《ちが》うテイストになる作家も普通にいるし。一回くらい連載が休止になっても、穴が空くより全然いいもの」

そんな乱暴な……とは思うけど、神原の言い方からすると、雑誌に穴を空けるというのはそれだけ大変なことなんだろう。

「けど、慶吾がそんなこと、承知するか？」

いくら慶吾が書くことに関しては真面目《まじめ》なところがあったといっても、それはあくまでＩＰＳでなければの話だ。

今の、慶吾には通用しないと思うんだけど……。

「するかじゃなくてさせるの。さっきの先生の話からすると、慶吾は二見くんのいうことなら聞くはずでしょ？」

「はぁ？」

慶吾が俺のいうことを聞く？

一体なんの冗談《じょうだん》だろう？

「神原、お前自分が何言ってるかわかってるのか？　慶吾が俺の——っていうか人のいうこと聞くわけないだろ」

実際、手をつなぐなって言ってもつないでくるし、今朝だって神原を待とうって言ったのに結局早く出ることになったのに。

俺の言葉に、神原は「わかってないなぁ」とため息をついた。

「慶吾は二見くんのことが好きなんだから、二見くんが慶吾に小説書いてほしいってお願いしてくれたら絶対書くよ」

「いや、ない。それはない」

自信に満ちた神原の言葉を俺は言下に否定する。

けれど、神原は全くめげなかった。

「そんなことないよ。あいつが無理やり襲ってないってことは、ちゃんと二見くんのいうこと聞いたってことでしょ？」

神原の言葉にぎくりとしつつ、俺は曖昧に頷く。

本当は押し切られたなんて言えないし。

けど言われてみれば、管理人さんの前では手をつなぐなと言ったときは、しぶしぶだったけど了解《りょうかい》してくれたし、今朝だって早く出たがったのは俺のためだったんだよな。

振《ふ》り回されてる、なんて言われてもぴんとこないけど、俺のいうことを完全に無視してるわけじゃないってことかも。

「それに、意外と好きな相手の言動に振り回されるタイプなんだよ、慶吾って。かっこつけだから、見せないようにしてるだけ。なんだかんだ言って慶吾は昔からそういうとこ――っと……」

神原は言い過ぎたというように口元を覆《おお》ったけれど、もちろんそれで口にした言葉が取り消せるわけじゃない。

――――昔から。

そう言われると……正直返す言葉がなかった。

つまり、神原と慶吾が付き合っていたとき、慶吾は神原の望みを聞いてやっていたってことだろう。

「とにかくっ、その場では反発しても最終的には聞いてくれるはずだから。ね？　お願い。わたしを助けると思って！」

拝むように手を合わされて、俺は苦笑《くしょう》する。

すぐにでも首を横に振ってしまいたい気持ちと、こんなに困っているのだから助けてやりたいという気持ちが同時にわき上がって来る。

慶吾が好きだった相手だと思うと、正直妬《ねた》ましいし憎《にく》らしい。けれど、友人としての神原を嫌《きら》いじゃないのも確かだった。

それに、慶吾と神原が恋人《こいびと》同士だったのは過去の話だし、なにより……たとえ五年前神原がいなかったとしても、自分の想《おも》いが慶吾に届かなかったことには変わりないとわかっている。

神原に当たるなんてお門違《かどちが》いもいいとこだろう。

「言ってみるだけだからな？」

ため息交じりに言った俺に、神原の表情がぱっと輝《かがや》いた。

「うん！　それで十分っ」

こくこくと頷く神原に「本当に言うだけだぞ」と念を押す。

「話はまとまったみたいですね」

それまで黙《だま》って、話を聞いていた藤田先生がそう言ってにっこりと笑った。

「あ、はい。すみません二人で話しちゃって……」

俺はあわててそう謝罪する。

別にいることを忘れていたわけじゃないけど、神原の勢いがすごかったから無視したような形になってしまった。

「いえいえ。ぜひ、結果は報告してくださいね。経過にも関係してきますし……。まぁ、どちらにせよ、もうちょっと病状が安定して、二見さんのこと以外も考えられるようになってからじゃないと難しいとは思いますが」

「ならちょっと安定してきたらすかさず押す方向で！」

藤田先生の言葉を聞いて、すかさずそう言い添《そ》えた神原に俺は目を瞠《みは》り、それから噴《ふ》き出してしまった。

やっぱり、神原のことを嫌いになるなんてできないと思う。

羨《うらや》ましいのも、妬ましいのも――憎らしいことさえも本当なのに、不思議だった。

こんなにいろいろなものが心には詰《つ》め込まれていて、矛盾《むじゅん》なく存在している。

そんな複雑な心のうちを思っていたら、神原がすっと椅子《いす》から立ち上がった。

「じゃ、訊きたいことは大体訊いたし、わたしは先に帰るね」

「えっ？」

言って俺に微笑《ほほえ》みかけたあと、藤田先生にぺこりと頭を下げる。

「今日は本当にありがとうございました、失礼します」

そして返事も聞かず、振り返ることもなく、さっさと診察《しんさつ》室を出て行ってしまう。

慶吾を待たなくていいのかと訊く暇《ひま》もなかった。

そのことにひどく安堵《あんど》している自分に気付いて、俺はそっとため息をこぼす。

自分はどれだけ嫉妬《しっと》深《ぶか》いんだろうと思う。

神原は慶吾の恋人ではないと言ったのに。過去に慶吾に愛されたことがあるという、それだけで彼女を疎《うと》ましく思ってしまう。

近くにいるだけで、彼女の口から過去に触《ふ》れる言葉がこぼれるだけで、自分が勝手に傷ついているのを感じて、そんな自分にうんざりした。

今、慶吾が好きなのは自分なのに。

そう思ったら、余計に惨《みじ》めさが増した気がしてまたため息がこぼれる。

せめて、神原がもっといやなやつだったらよかったのにな……。

「……何か辛《つら》いことでも？」

「え？」

俺は突然《とつぜん》の問いに、驚《おどろ》いてぱちりと瞬《しばた》いた。

藤田先生はいつも通り笑顔《えがお》だったけど、不思議と胡散臭《うさんくさ》さは半減している。むしろ少し心配そうに見えた。

「鳴海さんとの生活は、問題ないですか？」

重ねて問われて、俺は笑顔を作る。ため息のせいで心配をかけてしまったらしい。

「別に、何も。わがままなのは参りますけど、あいつのわがままは今に始まったことじゃないし」

「そうですか？」

「……そうです」

そう答えたものの、なんとなく藤田先生は俺が慶吾と寝《ね》てしまったことも、俺が慶吾を好きなことも気付いてるんじゃないかっていう気がした。

慶吾がこの人に何を言っているかを俺は知らないから、本当に知っているのか、推測したのか、俺の態度に何か感じる所があるのかはわからないけど……。

藤田先生はそのまま俺の顔をしばらく見つめて、今度は困ったような仕方がないというような笑顔になった。

「まぁ、そろそろ症状《しょうじょう》が改善されてきて、少しずつ負担も減ってくるとは思いますが……何かあったら、いつでも相談してくださいね」

俺はそれに小さく頷《うなず》く。

「ありがとうございます」

これ以上突《つ》っ込まずにいてくれたことにも、内心感謝しつつそう言って、俺は小さく頭を下げた。

「いえいえ。あ、そうだ」

いつもと同じ胡散臭い笑顔で頭《かぶり》を振ったあと、藤田先生は何か思い出したというように声を上げる。

「はい？」

「確か、有給休暇《きゅうか》は一週間で、四月の一日まででしたよね？」

藤田先生はＰＣの画面に浮《う》かんでいる、カレンダーを見ながら確認《かくにん》するようにそう訊《き》いてきた。

「はい、そうですけど」

「二日からは、どういった勤務形態になるんですか？　学校はまだ春休みですよね？」

勤務形態？　とちょっと首を傾《かし》げたけれど、春休みを持ち出されたことでなんとなく言いたいことがわかった。

どうも未《いま》だに世間では長期休暇中の教員は、生徒と同じように休暇を楽しんでいると思っている人が多いらしい。

「普通《ふつう》に朝から学校に行きますよ。ただ、大体は定時で上がれるので、生徒たちがいるときよりはずっと楽ですけどね」

「そうなんですか。うーん」

藤田先生はそう言ってもう一度、ＰＣ画面へと視線を向ける。

「土日はお休みですよね？」

「あ、はい。それはもちろん」

「となると、二日三日と行ったら、また二日間休みということですか……」

何か悩《なや》んでいるらしい藤田先生に、俺は問題があるのかと不安になる。

「それがどうかしたんですか？」

「いえ、リハビリの進め方について考えていたんです。鳴海さんは経過が良好ですからね」

不安が表情に出てしまっていたのか、藤田先生は安心させるようにそう言った。

ほっとするべきなのに、今度はまた別の意味で胸の中がざわざわと波打つ。

「あの、リハビリって、具体的にはどんな感じなんですか？」

俺はそれをごまかすように、明るい声でそう訊いた。

一昨日《おととい》の説明でも、俺が慶吾と一緒《いっしょ》に暮らしつつリハビリをして治していく、って言われたけど、具体的なことはまだ聞いていなかったから。

「単純なことですよ。二見さんとの接触《せっしょく》を少しずつ切り離《はな》していく、と言えばいいでしょうか……。今こうしているのだってリハビリの一環《いっかん》なんですよ」

「え？　そうなんですか？」

一体何がどう『リハビリ』になってるのかが不思議で、俺は首を傾げる。

「検査の間は二見さんと引き離しておくっていう、短時間で短距離《たんきょり》のリハビリです」

「はぁ……」

それだけ？　というのが正直な感想である。

藤田先生はそんな俺の気持ちに気付いたのだろう。にっこりと微笑んで説明してくれる。

「納得《なっとく》いかないかもしれませんが、実はここが一番厄介《やっかい》なんですよ。この期間さえ過ぎればあとは大抵《たいてい》スムーズに行きます」

「そうですか……」

スムーズに行く、という言葉にまた少し気分が沈《しず》んだけれど、俺はできるだけなんでもない風に頷いた。

「また週明けに経過を見て考えますが、もし月曜日に診《み》て大丈夫《だいじょうぶ》そうでしたら、木、金は普通に出勤《しゅっきん》してもらっても大丈夫そうかな～とか。本当は火曜も様子見たいんですけどね」

そっか。火曜日は藤田先生がお休みなんだもんな……。

「まぁ、経過次第《しだい》ですね。また二見さんに相談することもあると思いますので」

「はい、わかりました。よろしくお願いします」

ぺこりと頭を下げて、俺は椅子から立ち上がる。

「慶吾には待合室で待ってるって伝えてください」

藤田先生が頷くのを見て診察室を出る。待合室へと向かいながら、俺はなんとなくため息をこぼした。

今の話からすると、IPSが治るのは思った以上に早いかもしれないな……。

歩きながら、ぼんやりと廊下《ろうか》を見つめる。リノリウムの廊下には、患者《かんじゃ》や見舞《みま》い客がわかりやすいように、目的地別にいろんな色の矢印が書かれていた。待合室や受付とは逆方向に伸《の》びる、白い矢印は特に大きくて『入院病棟《びょうとう》』と書いてある。

いずれ、慶吾もこの病院に入院する。

そして、ここから出るときにはもう、慶吾は俺のことなんて大嫌《だいきら》いになっているだろう。

いや、嫌いなんていう言葉じゃ生ぬるいかもしれない。恨《うら》まれたり憎《にく》まれたりしている可能性だって十分ある。

なのに……。

――意外と好きな相手の言動に振《ふ》り回されるタイプなんだよ、慶吾って。

――なんだかんだ言って慶吾は昔からそういうとこ……。

神原の言うことが本当なら、慶吾はそんな俺の言葉を汲《く》んで、執筆《しっぴつ》を開始するかもしれないんだよな。

なんだかひどい話のような気がしなくもない。

というか、神原に訊きそびれてしまったけれど、もし執筆途中《しっぴつとちゅう》でIPSが治ったらどうするんだろう？

俺に頼《たの》まれて書き始めた原稿《げんこう》なんて、慶吾は絶対に完成させたくなくなると思うんだけど……。

「まぁとりあえず、言うだけ言ってみるか……」

約束は約束だし、神原だってその辺まで俺に責任取れとは言わないだろう。

なんて、思ったんだけど。

帰りの車の中で、早速《さっそく》仕事のことについて訊いてみた俺に、慶吾が返した答えは非常にシンプルだった。

「いやだ」

「い、いやだって……」

「せっかくお前と一緒にいるのに、なんで仕事のことなんて考えなきゃいけねーんだよ」

ちょっとは考えろよ、と思ったけれど、俺はなぜかその答えに少しだけほっとしてしまう。

別に神原の頼みだからとかそういうんじゃもちろんなくて、やっぱり藤田先生の言う通り、慶吾の病状はまだ安定してないんだなって思ったからだと思う。

われながら、本当に最低だと思うけど……。

「……何やってんだよ？」

「うん？」

――慶吾がIPSになってから、今日で六日目。

こめかみのあたりに何かが触《ふ》れた気がして目を覚ました俺は、視界に入った慶吾の顔に渋面《じゅうめん》を作った。

驚《おどろ》きのあまり、心臓が寝起《ねお》きとしてはありえないような速さで動いている。

どうやら寝顔を覗《のぞ》き込まれていたらしい。慶吾のほうはいつから起きていたのか、少なくとも寝起きの顔ではなかった。

カーテンの隙間《すきま》から明るい日差しがわずかに部屋に差し込んでいる。

昨日一昨日の二日間は、神原を始め誰《だれ》からも連絡《れんらく》はなく、特に問題というような問題もなかった。ちなみに、ほかの出版社の仕事は急ぎのものはないらしい。もちろんここでのタイムロスが後々響《ひび》くのは間違《まちが》いないだろうけど、そこまではどうしようもない。

昨日はリハビリの件で少し話はあったけど、単に水曜は慶吾を一人で病院に寄越《よこ》してくれという指示があっただけだったし……。

もちろん、最初の段階が一番大変でその後はスムーズにいくと聞いていたから、心は波立ったけれど。

「明人って寝てるとき口がちょっと開いてるんだよな」

「悪かったな、間抜け面《まぬけづら》で」

むっとして言い返すと、慶吾は笑った。

「かわいいし、舌がちょっと見えるのが色っぽいって言おうと思ったんだけど？」

からかうような声にも喜色がにじむ。俺は寝返りを打って慶吾に背中を向けた。

「なんだよ？　照れてんのか？」

「うるさい。照れてない。寝る」

熱くなった耳を摘《つま》まれて、それでもそう言い張る。

「ああ？　なんだよ、起きろよ」

言葉と同時に、ブランケットごとぎゅうと抱きこまれた。

ブランケット越《ご》しに少しずつ、染《し》みるように慶吾の体温が伝わってくる。

幸せだと思うのは、こういうときだった。

偽《いつわ》りだとわかっていても、そこにあるぬくもりに嘘《うそ》はない。そんな風に思うのは、自分が弱いせいかもしれない……。

嘘の中に、ほんの少しでいいから真実がないかと、探してしまう。

「明人」

「なんだよ?」

「腹減った」

小学生みたいな素直《すなお》な声で言われて、俺は小さくため息をこぼす。

昨夜の名残《なごり》で腰《こし》はだるいし、体中にそこはかとない倦怠《けんたい》感がある。今日は火曜で藤田先生が休みだから病院に行く必要もないし、できるならこのままごろごろしていたい。

けれど、しょうがないから起きるかと思った瞬間《しゅんかん》、俺は違和感《いわかん》に気付いた。

「あれ? この匂《にお》い……」

「さっさと起きないと冷めるぞ」

慶吾はそう言いつつ抱《だ》きしめていた腕《うで》を放し、にやりと笑う。

「まさか、お前が作ったのか?」

驚いて問いかけた俺に答えず、慶吾はベッドから降りて部屋を出て行った。

俺も慌《あわ》ててあとを追う。

すると、ダイニングテーブルの上に、食事の用意が調《ととの》っていた。

「うそだろ……」

ベーコンエッグと、わかめの味噌汁《みそしる》。それだけだったけど、かなり驚いた。

「お前、料理できたの?」

「できないなんて言ったか？」

笑われても反論することもできないまま、呆然《ぼうぜん》と椅子《いす》に腰かける。

――知らなかった。

けれど、俺が一人暮らしを通じて料理ができるようになったのと同じように、慶吾だって今一人で暮らしているのなら、できるようになっていてもおかしくはない。

おかしくはない、けど……。

なぜか、土曜日に神原から、慶吾は昔から好きな相手の言動に振り回されるタイプだったと聞いて以来、こうして慶吾の新しい面を知るのが辛《つら》くなってしまった。

それまでも多少辛かったけれど、それは慶吾から向けられる好意をうれしいと思ってしまう自分と、それを偽りだと断じる自分自身の齟齬《そご》によるもので、今感じているものは全然質が違《ちが》う。

今は慶吾の新しい面を知るたびに、慶吾のこういう所を、神原は知っていたんだろうかと考えてしまう。

ようは嫉妬《しっと》している、ということなのかもしれないけど……それだけじゃない気がする。

けれど、胸の痛みに思わず俯《うつむ》きそうになったとき、慶吾が赤いキャップのついたチューブをテーブルに置いたのを見て、俺は顔を顰《しか》めた。

「……なんだよこれ」

「マヨネーズに決まってんだろ」

慶吾は炊《た》き立てのご飯を盛った茶碗《ちゃわん》を、俺の前と自分の前に置くと椅子に腰掛《こしか》け、チューブを手に取る。

そして、にゅるにゅると目玉焼きにマヨネーズをかけた。

うわ……。

俺はその光景に思わず顔を引き攣《つ》らせる。

「――お前、まだ目玉焼きにマヨネーズかけてんの？」

呆《あき》れてそう口にした俺に、慶吾は怪訝《けげん》そうな顔になる。

「まだってなんだよ？　目玉焼きにはマヨネーズ以外にないだろ」

「って、ちょ、あー！」

そう言うなり、にゅるりと、今度は俺の分の目玉焼きにもマヨネーズをかけた。

「なんで俺のまでかけるんだよっ？」

「サービス」

「そんなサービスはいらなかった……」

がっくりとうなだれる俺に構わず、慶吾は早速箸《さっそくはし》を手にすると「いただきます」と言って食事を開始する。

「普通《ふつう》はありえないだろ？　マヨネーズって玉子じゃんか」

なんで玉子に玉子かけるんだよ……。

高校時代から、慶吾のこの趣味《しゅみ》だけは理解できなかった。

「何言ってんだよ？　玉子に玉子かけるんだから、合わねーはずねーだろ。むしろソースのほうが邪道《じゃどう》だ」

「お前こそ何言ってんだよ、ソースは普通だろ」

言い返しつつも、仕方なく箸を持つ。

そうしてマヨネーズのかかった目玉焼きを箸で切りつつ、さっきまでの悲しい気持ちがどこかへいってしまったことに気付いた。

マヨネーズのおかげだとは思いたくないけど……。

――――不思議だった。

新しい面を知るのが辛くなるのに反比例して、慶吾の『変わっていない』部分に触れることを、うれしいとか楽しいと感じることが増えたと思う。

目玉焼きにマヨネーズもだけど、わがままだとか、暴言だとか、そういうものまで。

慶吾がＩＰＳに罹《かか》ったばかりのときは、初めて向けられる感情をうれしいと思ったのに……。

今は、苦しかったり、痛くなったりする気持ちを、時折出てくる昔のままの慶吾が助けてくれているような気さえした。

もちろん、そんなこと言わないけど。

「あれ」

「ん？　どうした？」

スーパーまでの道のりを徒歩で辿《たど》っている途中《とちゅう》、書店の店先に平積みされていた本に目が留まった。

いつもは病院帰りに車で郊外《こうがい》のスーパーに寄ってくるんだけど、今日は病院がないから近くのスーパーまで徒歩で買い出しに出てきたのである。

「ちょっと寄っていいか？」

慶吾が頷《うなず》いたのを確認《かくにん》して、俺はその本を手に取る。

黒っぽい表紙のハードカバー。

「これ、出てたんだ」

一度発行が延びて、どうなったのかと思っていた本だった。

ハードカバーは場所をとるから、慶吾の本以外はあまり買わないんだけど、このシリーズは別だ。

「それ、買うのか？」

慶吾が言いながら、俺の手元を覗《のぞ》き込んでくる。

その顔を見てから、ようやく最初にこの作家の本を読んだ原因が慶吾だったことを思い出した。

高校時代、図書室で昼寝《ひるね》中だった慶吾の脇《わき》に読みかけで伏《ふ》せられていたのが、この作家の本だったのである。こっくりと濃《こ》い青の表紙。慶吾がどんな本を読んでいるのかと、ほんの好奇《こうき》心《しん》で翌日同じ本を買った。

けれど本当は、それは好奇心なんて生易しいものじゃなかったと、あとになって気付いた。

慶吾を好きになり始めていたんだって……。

自分の心の一部がどうしようもなく慶吾でできていると、こういうときに思い知る。

「ああ、買ってくるからちょっと待ってて」

思わず苦笑《くしょう》をこぼしつつ、そう言った俺に慶吾が頷いたときだ。

「あれー、ふたみんじゃん」

突然《とつぜん》かけられた声に驚《おどろ》いて、俺は声のしたほうを振《ふ》り返った。

ふたみん、という呼び方をする相手は決まっている。

「大田《おおた》……と、花崎《はなさき》か」

思った通り、そこにいたのは俺の勤めている学校の生徒だった。確か二人とも去年、現国で受け持っていたはずである。

制服を着ているところを見ると、部活か何かなのだろう。新入生歓迎会《かんげいかい》の催《もよお》しの練習などがあって、熱心な部は春休みも毎日のように活動があったはずだから、おそらく間違《まちが》いない。

幸い、俺が顧問《こもん》をしている文芸部は文化祭前が活動のピークで、春休み中は特にこれといった活動もないから、こうしてのんびりしていられるわけだけど。

「ふたみんどうしたの、こんなとこで？」

「買い物だよ、買い物。つか、二見先生って呼べって言ってんだろ」

わざと怒《おこ》った顔をして、大田の額を指先で弾《はじ》いた。ぱちん、といい音がする。

「いってー、体罰《たいばつ》はよくないんじゃないの？」

そんなことを言いながら、楽しそうに笑っている大田をはいはいと流した。

「で、お前らはなんだ？　部活か？」

「そーそー。ふたみん、勤労学生の俺らになんかおごってよ」

「何言ってんだか。この時間ならまだこれからあるんだろ？」

今はまだようやく昼時が終わったくらいの時間だ。カバンを持ってないところを見ると買い出しにでも来たか、昼食を取って戻《もど》るところかのどちらかだろう。

「えー、いーじゃん。なぁ？」

そう大田が同意を求めて、花崎を振り返った。

けれど、花崎のほうは大田に話を振られたことにも気付いていないようで、一心にどこかを見つめている。

いや、どこかっていうか……。

「あー……」

しまった。

そう言えば、花崎は夏休みの宿題だった読書感想文で、慶吾の本の感想書いてたよな……。

さすがにほかの作家で提出した生徒のまでは覚えてないけど、慶吾の本で書いてたやつのはなんとなく覚えてしまった。

なんてことを考えていたら、固まっていた花崎がぐるんと勢いよく俺のほうへと首をめぐらせる。

「ふ、ふたみん、鳴海慶吾――先生と知り合いなのかよっ？」

俺はふたみんで、慶吾は先生呼びってどうなんだよ、と思ったけれど、その必死の形相を見たらそんなことを突《つ》っ込む気はなくなった。よっぽど好きなんだろう。

「えーっとな……」

ごまかそうにも、直前まで話していたわけだし、慶吾自身も俺たちのやり取りを興味深げに見守ってるしで、どう考えても無理そうだ。

これはとりあえず、さくさくと紹介《しょうかい》してこの場を離《はな》れたほうがいい気がする。

というか、こんな場所で万が一騒《さわ》がれたりしたら、面倒《めんどう》なことになりそうだ……。

多分、ほかのどんな商品を扱《あつか》っている店より、慶吾を知る人間が多い場所であることは間違いないだろうし。

ただ、問題は慶吾が変なことを言い出さないかってことだけど……。

「……高校時代の同級生なんだよ」

言いながらちらりと視線をやると、慶吾は軽く眉を顰《ひそ》めたものの、口を挟《はさ》む気はないらしい。

同級生じゃなくて恋人《こいびと》だ、とか言い出すんじゃないかと思ったんだけど、大丈夫《だいじょうぶ》そうで安心する。

「マジでっ？」

「こら、騒ぐなって」

ビシ、と額を指で弾くと、花崎はハッとしたような顔になり、抗議《こうぎ》もせずにこくこくと頷いた。

「あ、あのさ、握手《あくしゅ》とか……」

「え、何、ひょっとしてゆーめー人なの？」

もごもごと口ごもる花崎の言葉を聞いて、能天気にそう言ったのは大田だ。

「バカ、ちょっと黙《だま》ってろよ」

花崎が慌《あわ》てたように大田を止める。

「なんだよ、教えてくれたっていいだろ」

けれど、大田はその態度にむっとしたように言うと、花崎に対する意趣返《いしゅがえ》しなのか慶吾の前に立った。

「握手してくださーい」

「あっ、お前ずりーぞ」

花崎が焦《あせ》ったように言い、大田に並ぶ。

二人の行動に俺は正直ひやりとしたけれど、慶吾は意外にもあっさり頷いて二人の手を交互《こうご》に握《にぎ》ってやっていた。

その上。

「あの、『夏の福音《ふくいん》』ドラマ化おめでとうございます！　応援《おうえん》してますっ」

「ああ、ありがとう」

花崎の言葉に対し、そう言ってわずかに笑《え》みを浮《う》かべて見せさえした。それから、俺に向かって「行くぞ」と声をかける。

思わぬ対応のよさにびっくりして固まっていた俺は、周囲からちらちらと視線が集まり始めていたことにようやく気付いて、慌てて手にしていた本を平台に戻した。

仕方がないから、あとでまた買いにこよう、と思う。

「じゃあな。宿題ないからってあんまり羽《はね》を伸《の》ばしすぎるなよ」

二人にそう声をかけて、慶吾とともに店を出た。

そして、やや足早にスーパーへと足を向けつつ、俺は今の出来事についてぐるぐると考え込んでしまう。

慶吾があんな良識的な行動を取るなんて、正直信じられなかった。

恋人だとか言わなかっただけでも意外だったのに「ありがとう」って……。

ひょっとして、これが藤田先生の言っていた『症状《しょうじょう》の改善』なんだろうか？

考えてみれば慶吾はもともと外面はいいタイプだし、IPSでないときならば、さっきのは極普通《ごくふつう》の対応なんだよな。高校時代も、ときどきああしてファンに囲まれてることがあったけど、俺に対するのとは全然違《ちが》う態度だったし。

こんなに急激に影響《えいきょう》が出るものなのかわからない。IPSになって以来慶吾がファンに応対しているのを見たのは初めてだから、急だと感じただけなのかもしれない。

けど、なんにしても、IPSが治り始めているのは間違いないんだろう。

「明人？」

「あ……」

ぐるぐると考え込んでいるうちに、足が止まっていたらしい。

慶吾が戻ってくるのが見えた。

「帰りにもう一度寄るか？」

「え？」

「本屋。買えなかったのが気になるんだろ？」

立ち止まったのを、さっき本を買いそびれたせいだと思ったらしい。

「いや、やっぱ今日はやめとく」

不審《ふしん》に思われなかったことに安心しつつ、頭《かぶり》を振《ふ》って再び歩き出した。

「あ、そうだ、慶吾」

「なんだ？」

「あいつら、邪険《じゃけん》にしないでやってくれてありがとな。大田はともかく、花崎はお前のファンらしいから」

「ああ、そのことか」

慶吾はそう言って頷《うなず》くと、くすりと声を立てて笑う。

「……なんだよ？」

「いや、お前本当に教師なんだな」

「本当にって……当たり前だろ」

バカにしてるのかと睨《にら》むと、予想外に慶吾の瞳《ひとみ》がやさしくて——また心のどこかが傷ついたのを感じる。

「悪いかよ？」

「悪いなんて言ってねーだろ。おせっかいなお前に向いてるよ」

だからわざと悪態をついたのに、慶吾はやさしいままだった。

でも、おせっかいだと言われたのは少しうれしい。

なのにうれしいと感じることを虚《むな》しくも思う。

まるで混線したような心の反応に、思わずため息がこぼれる。

なんで、こんな風に感じるんだろう？　自分の心のことなのに、まるでわからない。

けど……このまま慶吾と一緒《いっしょ》にいたら、どんどん辛《つら》くなりそうな気がした。

単に辛くなるだけならいいけど、慶吾を責めてしまいそうになるのは問題だろう。

自分で選んだことなのに、そんなのはあまりに自分勝手だと思う。

だったら……。

「慶吾、この前の話だけど」

スーパーの入り口に設置されているカートに、グレーの買い物籠《かご》を載《の》せつつ、俺は慶吾の顔を見上げた。

「この前？」

「仕事の話だよ」

カートを押しつつ、不思議そうな顔をしていた慶吾は『仕事』という言葉にいやそうに顔を顰《しか》める。

けれど、俺は引く気になれなかった。

慶吾が仕事をするようになれば、少しは距離《きょり》ができるだろうし、辛いと思う時間も減るんじゃないだろうかと思ったからだ。浅はかな考えかもしれないけれど……。

「どうしても無理なのか？」

慶吾は、俺が食い下がったことに少し驚《おどろ》いたみたいだった。

「慶吾の新作、俺も読んでみたいし……。俺もできるだけ協力するから、書けそうだと思ったらなんとか一本だけでもがんばってみろよ」

こんな風に、慶吾に頼《たの》みごとをするのは初めてではない。

高校時代、慶吾と仲がよかったのが俺くらいだったせいもあって、クラスメイトを始めとして生徒や先生に慶吾への頼みごとの仲介《ちゅうかい》を頼まれることが結構あったのだ。

もちろん、そのときは「なんで俺がそんなことしなきゃなんねーんだよ」の一言で却下《きゃっか》されていたけれど、慶吾は外面がいいせいか、なんだかんだ最終的にはお願いを聞いてやってたらしい。あとから礼を言われて、俺が言ったときは断られたんだから礼を言われても困るって思ったことが何度かあった。

でも、慶吾は好きな相手の言動に振り回されるタイプだという、神原の言《げん》が本当なら、現時点においての俺のお願いには効果があるはずだ。

そう信じて、慶吾を見つめる。

「本当に読みたいのか？」

慶吾はカートを隅《すみ》に寄せて立ち止まると、俺を見つめてちょっと困ったように眉《まゆ》を顰《ひそ》めた。

「――――読みたい。言っただろ。お前の書く話が好きだって」

念を押すように言いながら、たった今神原の言葉を信じようと思ったはずの心で、なぜか頷かないでほしいと思う。

けれど……。

「しょーがねーな。お前がそこまで言うなら、やってみるか」

慶吾のその答えを聞いた途端《とたん》、今まで感じたどのときよりも強く胸が痛んで……俺は、一瞬《いっしゅん》だけ強く瞼《まぶた》を閉じた。

……やっぱり、と思う。

やっぱり、神原の言っていたことは本当だった。

神原は俺の知らない慶吾を知っている。

わかっていたことなのにどうしてこんなに胸が痛むんだろう……？

そう思った途端、ようやく慶吾の新しい面を知るたびに胸が痛む理由が全部、分かった気がした。

慶吾が見せてくれる新しい側面の一つ一つが——それを知らなかったというその事実が、本当は慶吾が俺のことなんか好きでもなんでもないという裏づけになっていた。

だから、あんなにも胸が痛んだんだ……。

知らなかった慶吾を知るたびに、知らされなかった過去の自分を感じていた。

同時に、過去の自分が慶吾に愛されていなかったということを。

もちろんそれはとっくに知っていたことだったけれど、だからといって俺を傷つけないということにはならなかった。

国語科準備室の自分の机で新学期に使う資料の整理をしていた手を止めて、俺は天井《てんじょう》近くの壁《かべ》にかけられた時計に視線を向ける。

定時である五時まで、あと五分ほどだった。

昨日で一週間の有休が終わり、こうして学校に来ているわけだけど、やっぱり生徒がいるわけじゃないから普段《ふだん》と違って定時で上がれるのはありがたいと思う。

やっぱり慶吾のことが心配だし……。

慶吾は昨日、初めて一人で病院に行った。

そのときの藤田先生の判断で、俺は予定通り今日から出勤することになり、朝の八時半から今まで慶吾と別行動だったのである。

こんなに長い間離《はな》れていたのはこの生活が始まって以降初めてのことだったから、藤田先生のお墨付《すみつ》きとはいえ、なんとなく心配になってしまうのは仕方がないと思う。

そんなわけで時間を気にしつつ、ちらりと準備室内を見回すと、ほかの先生たちは仕事の手を止めて雑談に興じていた。

どうやら仕事が溜《た》まっているのは自分だけらしい。国語科で春休みに有休をとったのは自分だけだったから、当然かもしれないけど。

クラス担任を持っていると、春はクラス分けの会議やなんかもあってばたばたと忙《いそが》しい。

俺はまだ二年目だから担任するクラスもなく、また逆に文化祭の関係でいくつか役を任されていて夏休みが忙しかったせいで有休がやたらと残っていたのである。

そんなことを考えていると、ポケットの中で携帯《けいたい》が震《ふる》えた。

メールだったらしく、鳴動はすぐにやむ。

けれど、ほかの先生の手前、一番下《した》っ端《ぱ》の俺としては堂々と携帯を取り出すことは憚《はばか》られて、結局携帯を見れたのは、五時になって先生方が部屋を出てからだった。

『迎《むか》えに来た。裏門で待ってる』

差出人は、案の定慶吾である。俺は携帯を閉じると立ち上がり、電気を消して鍵《かぎ》を閉める。

この学校は職員室がないため、鍵は校務員室に預けることになっていた。

階段を下りて校務員室に寄ると、そのまま職員玄関《げんかん》へ向かう。

そこからぐるりと敷地内《しきち》を回って、裏門へと足を向けた。

慶吾が裏門を選んだのは、マンションからだと正門より裏門のほうが近いからだろう。

裏門は職員玄関と逆にあるし、駅に行くには正門からのほうがわずかに近いこともあって、先生方の利用は少ない。それに、生徒は特別に許可を取らない限り休み中は四時までしか残れないことになっているから、誰《だれ》かに鉢合《はちあ》わせる心配はないだろう。

それにしても――――やっぱりまだ早かったんだろうか？

マンションまでは歩いても十分ほどなのに、迎えに来るなんて……。やっぱり朝からずっとっていうのはまだ厳しかったのかもしれない。

裏門のところに慶吾が立っているのが見えて、俺は小走りに近付いた。

予想通り、ほかに人影《ひとかげ》はない。

「なんかあったのか？」

思わずそう訊《き》くと、慶吾は軽く頭《かぶり》を振《ふ》った。

「原稿詰《げんこうづ》まったから、ドライブがてら来てみただけ」

「なんだ……」

そういうことか。

一昨日《おととい》の帰宅後から、慶吾は少しずつPCに向かうようになった。

けど、IPSのせいなのかもともとの性質なのか、思うように進まないらしく気分転換《てんかん》と称《しょう》した何かをしている時間のほうが長いみたいだ。

――――お前が書けって言ったんだからと、ずっと同じ部屋にいることを強要されたり、休《きゅう》憩《けい》と称して膝枕《ひざまくら》させられたりするのは閉口ものだけど、その程度のわがままはむしろ昔もあったから慣れてるし。

とはいえ、藤田先生によると、そのこともリハビリを進める好材料だったらしい。

ようは対象者以外のものに注意が向いてきているということだし、エスの代わりに超《ちょう》自我と自我が働き始めている可能性が高いとか……。

とりあえず、病状とは関係ないって思っていいのかな？

「まぁ、早く顔見たかったってのもあるけど」

「はいはい」

軽く流すように言いながら、甘い言葉は胸が痛むからやめてほしいと思う。

その点、小説の執筆《しっぴつ》を勧《すす》めたのはいい作戦だった。

執筆しているときの、慶吾の眉間《みけん》に寄ったしわを見ると、バカみたいな話だけど少しほっとする。

「いいから、さっさと帰るぞ。つか、車は？」

ドライブがてら、ということは車で来たんだろう。

「ちょっと先に停《と》めてある。ここは狭《せま》いからな」

道の右を指してそう言った慶吾に俺は軽く頷《うなず》き、並んで歩き始める。

そして、T字路の角を左に折れたときだった。

「明人」

聞き覚えのある声に振り返ると、五メートルほど先の路地に哲史が立っていた。

「お前、なんでこんなとこに……」

スーツ姿ということは、仕事帰り——いや、時間からすると仕事中だろうか？

いくら定時で上がったとしても、哲史の会社からここまでこの短時間で来るのは不可能のはずだ。

哲史のマンションはT字路を右に折れた先、つまり今哲史が立っているほうだから、もっと遅《おそ》い時間ならば偶然《ぐうぜん》という可能性もあったかもしれない。けれど、哲史は今日から俺が出勤《しゅっきん》してるってことも知っているし、この場合は待ち伏《ぶ》せされていたと考えるほうが自然だろう。

とはいえ、マンションに来たのもそうだが、まさか哲史がここまでするとは思ってもみなかった。こうして目にしても信じられない気分だ。同時に、こんなことまでするなら、なんで浮《うわ》気《き》なんてしたんだろうと、不思議に思う。

「明人、知ってるやつか？」

「あ、ああ」

「俺は明人の恋人《こいびと》だ」

曖昧《あいまい》に頷いた途端《とたん》、哲史がそう言いながら近付いてきた。

「恋人？」

慶吾は不審《ふしん》気にそう口にすると、一歩前に出る。視界を遮《さえぎ》るようにされて、哲史から庇《かば》おうとしてくれているのだと気付き、胸がいっぱいになった。

「お前がいつ恋人だったかはしらねーけど、明人はずっと俺のなんだよ」

慶吾の言葉に、俺はハッと息を呑《の》む。哲史が驚《おどろ》いたように目を瞠《みは》った。

「わかったら、二度と顔を見せるな」

「な……何言ってんだよ！　ふざけるなっ」

一瞬《いっしゅん》の後、激昂《げっこう》したように大きな声を出した哲史を見ながら俺は、ああ、そうか、と思う。

奇妙《きみょう》なほど、すとんと腑《ふ》に落ちてしまった。

……そうだったんだ。

慶吾の言うとおりだった。

――明人はずっと俺のなんだよ。

そう、確かに自分は、きっとずっと慶吾のものだった。

慶吾と神原が付き合っていると知って、地元を離れたあとも。

誰とも付き合う気になれないまま過ごした、大学での四年間も。

……慶吾が俺のことを好きじゃなくても。

ずっと知っていたはずのことだ。この状況《じょうきょう》を楽しもうって決めた日も、自分の気持ちを慶吾が受け取ってくれるのは今だけなんだから、って思ったはずなのに、いつの間にか贅沢《ぜいたく》になっていた自分に気付いた。

受け取ってもらう、じゃなくて、受け取っていいのかとか、本当の気持ちじゃないとか、そんな風にばかり考えて……。

「ふざけてんのはそっちだろ？　明人が誰のものかなんて、今の状況を見りゃ、一発だろ？」

呆《あき》れたような慶吾の言葉に、哲史がぐっと言葉に詰《つ》まった。

慶吾はそのタイミングを逃《のが》さず、俺の腕《うで》を掴む。

「ほら、帰るぞ」

そのまま歩き出した慶吾を止めたのは、哲史じゃなく俺だった。

「どうした？」

歩き出そうとしない俺に、慶吾が眉《まゆ》を顰《ひそ》める。

「哲史」

掴まれた腕の熱を感じながら、俺は哲史の名前を呼んだ。

哲史の顔が喜色に輝《かがや》き、それから何かを察したように曇《くも》る。

「この前、はっきり言ったつもりだったけど、わかってもらえなかったみたいだからもう一度言う。……お前とはもう、終わりにする」

「……終わりってなんだよ」

哲史がぽつりと呟《つぶや》くように言った。

「わかってんだろ？」

「…………」

「別れるってことだよ」

はっきりと言い切った俺を、哲史が睨《にら》みつける。

「そいつのせいか？」

「……俺がもう無理だってだけ」

慶吾のせいだとも、せいじゃないとも言わず、そんな風に言った俺に哲史は怪訝《けげん》な表情になった。

「俺の気持ちはもう、お前から完全に離《はな》れてる。だから、哲史のとこに戻《もど》ったりできない」

哲史の浮気のせいにはもうできない、と思った。

俺が哲史にしたことは、浮気よりも性質《たち》が悪かったと思うから……。

はっきりと言い切った俺から、ふいと視線を逸《そ》らす。

一年間で、何度も見た顔だった。納得《なっとく》がいかない、という顔。けれど、哲史には言葉を尽《つ》くして俺を引き止めるなんてことは絶対にできない。だからこそあの日、言葉ではなく力ずくで撤回《てっかい》させられそうになったんだし……。

もちろん、哲史がなんと言おうとよりを戻すつもりはないのだから、それでいい。

「ごめん。もう会うこともないと思うけど……仕事がんばれよ」

哲史の横顔にそう言うと、俺は慶吾を促《うなが》して車へと向かう。

案の定、引き止める言葉はなかった。

車に乗り込むと慶吾は何も言わず、一刻も早くここから離れたいというようにすぐに発進させる。それからちらりとバックミラーに視線をやった。

「あいつが、付き合ってた男なんだよな？」

「そう」

どことなくうれしそうな声で問う慶吾に、俺はこくりと頷く。

いつになく気分が軽かった。

それは別に、哲史の件に片が付いたからというわけじゃなく、思い出したからだ。

慶吾が、どんな気持ちでも、自分の気持ちはずっと慶吾のものなんだってことを。

もちろんそれで全《すべ》てが割り切れるほど心は単純じゃないけど、どこか吹《ふ》っ切れたような気がしたのは確かだった。

車がマンションの駐車場《ちゅうしゃじょう》に入る。

「そう言えば、病院のほうはどうだった？」

車から降りて、エレベータに乗り込みつつ俺はふと思い出して慶吾を見た。

「ん？　ああ、どうやら明日には入院の日程が決まるらしい」

「えっ？」

単なる話題転換《てんかん》程度の気持ちだった俺は、思わぬ返答に絶句した。

入院……？

確かに、藤田先生は慶吾の経過は良好だと言っていたし、初期症状《しょうじょう》が治まったあとはスムーズだとも言っていた。

けれど、それにしても早すぎる、と思ってしまう。

病気が治るんだから、喜ぶべきだとわかってはいたけれど……。

「明日もう一度検査して、それによって月曜にするか水曜にするか決めるって言ってたな」

慶吾は何の痛痒《つうよう》も感じていないらしく、あっさりとそう口にした。

「月曜か水曜って……すぐじゃんか」

今日が木曜だから、もしも月曜ならばあと四日しかないということになる。

たった今浮《う》き立ったはずの心が落下して、地面に叩《たた》きつけられた気がした。

最悪のタイミングだったと思う。

「明人？」

名前を呼ばれて、ようやくエレベータのドアが開いていることに気付く。

俺はのろのろとエレベータを降り、慶吾に続いて部屋へと入った。

――ひょっとしたらこの部屋にいるのも、あと四日かもしれない。

そう思った途端、たまらない気持ちになった。

病気が治っても慶吾は何一つ困らない。

そんなのは当たり前――というか、むしろ治らなければ困るだろう。

わかっていたことなのに、慶吾が何も感じていないことが辛《つら》かった。

淋《さび》しいとか、悲しいとか、悔《くや》しいとか、ありとあらゆる負の感情が胸の中をぐちゃぐちゃにかき回して息が苦しい。

「どうした？」

玄関《げんかん》で靴《くつ》も脱《ぬ》がずにぼんやりしている俺の顔を、慶吾が覗《のぞ》き込んできた。

なんでもないと言おうとしたのに、喉《のど》の奥が震《ふる》えて言葉になりそうもなくて、俺は言葉の代わりに、ただ静かに頭《かぶり》を振《ふ》る。

けれど……。

「なんて顔してんだよ」

慶吾はそう言うと、大きな手で俺の頬《ほお》に触《ふ》れた。

「入院すんのは一週間だけだから。その間は会えないけどすぐ戻ってくる」

戻ってくる。

その言葉に、胸が軋《きし》んだ。

確かに慶吾は戻ってくるだろう。ここは慶吾の部屋なんだから当たり前だ。

でも、そのときにはもう……慶吾は俺のことなんて好きじゃなくなっているし、俺はここにはいない。

今慶吾にそれを言っても、理解を得ることはできないだろう。

自分だけがこんな気持ちになっていることが、ひどく淋しかった。

けれど、すぐに思い出した。

慶吾がどう思っていても、自分の気持ちは一つだってこと。

ここまでぐるぐる迷って、遠回りして、せっかくの貴重な時間を無駄《むだ》にしてしまったこと。

――だから、もう迷いたくない。

時間を無駄にすることも。

だって、きっとこれが、この四日間が最後になる。

こうして、慶吾の手に触れられることも、二度となくなってしまう。

俺は頬に触れたままの慶吾の手に、そっと自分の手を重ねる。

そして慶吾を見上げると、一度頷《うなず》いて……誘《さそ》うように目を閉じた。

「っ……あっ、あっ」

慶吾の手が、体の奥を少しずつ、けれど確実に暴《あば》いていく。

リビングのソファの上。縋《すが》るように慶吾の首筋に腕《うで》を回して、俺は慶吾の太ももをまたぐように座っていた。

脱がされた服が、床《ゆか》に散らばっている。

キスをしたあと、玄関からはなんとか移動したけれど、すぐそこにある寝室《しんしつ》まではたどり着けなかった。

「あ、んっ……そこ……っ…」

中に入り込んでいる慶吾の指がいいところに当たるたびに、濡《ぬ》れたような声がこぼれる。

「ここがいいのか？」

楽しそうな声にがくがくと頷いて、慶吾の指をきゅっと締《し》めつけた。

すると、慶吾はゆっくりと抜《ぬ》き差しを繰《く》り返していた指を、中でV字を描《えが》くように広げる。

そのまま、中を割り広げるように動かされて、ぞくぞくと快感が背中を駆《か》け上がった。

「今日は随分素直《ずいぶんすなお》だな」

少しかすれて色っぽさを増した慶吾の声にまで煽《あお》られて、俺は目の前にあった慶吾の耳に軽く歯を立てる。

「ひぁ…っん、あっ、あっ」

慶吾の指がお返しというように、中を激しくかき混ぜる。腰《こし》の奥がとろけそうな快感に、生理的な涙《なみだ》がにじんだ。

――素直になったのは、せめて自分の気持ちを否定することだけはしない、っていう初心を思い出したから。

時間がないってなったときすぐにセックスに結びつけるのは、即物的《そくぶつ》だとは思うけど、これが一番簡単に自分の気持ちをさらけ出せる行為《こうい》なのは間違《まちが》いなかった。

けれど……。

「あ、慶吾……っ」

確かに気持ちがいいと感じているのに、胸の中がどんどん淋しくなっていくのはなんでだろう？

名前を呼ぶたびに、切なさが増していくのは……？

やがて指が抜かれて、慶吾が入り込んできた。

「あっ、やっ…深……いっ」

自重のせいで、いつもよりずっと奥まで入り込まれている気がする。

なのになぜか、充足感《じゅうそく》を得ることはできなくて……。

「…好きだ……っ」

「っ……」

囁《ささや》かれた言葉にびくりと体が震える。

嬉《うれ》しいはずの言葉なのに、胸の奥、一番深い場所を針で突かれたようだった。

「お前は……？」

慶吾が俺の顔を覗き込んでくる。

――――俺も好きだ、と言いたくて唇《くちびる》が震えた。

こんな風に自分で求めて、何度も抱《だ》き合って、いまさら言葉の一つを封じることにどんな意味があるだろう？

そう思うけれど、それでも。

「言えよ、明人」

「…………」

俺は結局何も言わずに慶吾の首筋をぎゅっと抱きしめる。

何もかも終わってしまう今という時間の中で、ただ続いていくものがあるとしたら、それは俺の気持ちで……。

口にしたら、それさえも終わりの一部になってしまいそうな気がした。

「けい、ご…っ……も、動いて…っ」

「明人……」

「おね、おねが……っ…」

慶吾の問いも、自分の気持ちもごまかすように、俺はそう言って腰を揺らす。慶吾はあきめたように少し苛立《いらだ》ちの混じったため息をついた。

そして、ゆっくりと下から突き上げ始める。

「んっ、あっあ…っ」

慶吾が空いた手で、さっきまで散々弄《いじ》られていた乳首《ちくび》に触れる。

充血《じゅうけつ》し、尖《とが》っているそれを痛いくらい強く摘《つま》まれてがくんと首がのけぞった。

「っ……締まるな」

「やっ、あっ、あ――っ」

引っ張られるたびに、慶吾のものを締めつけてしまうのが自分でもよくわかる。

そしてそのたびに少しずつ、慶吾のものが大きくなっていく気がする。

なのに、やっぱり少しも満たされない。

体だけがどんどん熱くなって、心がその分熱を奪《うば》われていくみたいだった。

けれど、やめて欲しいとは少しも思わない。

ずっと、ずっと、満足するまで、抱いていて欲しかった。

一生会うことがなくなっても、忘れられないくらい深く……。

結局、慶吾が入院することになったのは、月曜日だった。

春らしいぼんやりとした青空に、刷《は》いたように薄《うす》い雲が浮かんでいて、朝だというのに部屋の中は正午のように明るい。

俺は学校があったから、付き添《そ》いでいくこともできなくて、逆に慶吾がマンションの玄関で見送ってくれた。

「退院は十三日だからな。迎《むか》えに来いとは言わねーけど、終わったあとは真っ直《す》ぐ帰って来いよ?」

そんな風に念を押されて、泣きそうになったけれど、なんとか笑って頷いて……。

そうして夕方、俺は仕事帰りに慶吾のマンションへと向かっていた。

断りきれずに預かってしまった合《あ》い鍵《かぎ》を返すためだ。あと、最後のおせっかいをしに。

今までは駐車場《ちゅうしゃじょう》から直接上がることが多かったから、あまり馴染《なじ》みのないロビーへと足を踏《ふ》み入れる。

帰りは、そこにいるコンシェルジュに鍵《かぎ》を預けるつもりだった。

鍵だってわかったら断られる可能性もあるかもしれないと思って、きちんと封筒《ふうとう》を用意してある。

俺はエレベータで八階に上がると、迷うことなく向かって右にある、慶吾の部屋の前に立った。

そういえば、ここにいる間一度も隣人《りんじん》の姿を見なかったな、と思いつつ鍵穴《かぎあな》に鍵を差し込む。

カーテンを閉めていかなかったのだろう。

部屋の中が赤く染まっているのが見える。

リビングに行くと、思った通りカーテンは開けっ放しで、ついでにローテーブルには使ったままのコップが放置されていた。

その代わり、執筆《しっぴつ》を開始してからずっと置いてあったノートPCがなくなっている。

そういえば結局原稿《げんこう》が上がっていないし、入院生活は暇《ひま》だから持っていく、と言ってた気がする。

締め切りとかはどうなってるんだろうなと思いつつ、コップを持ってダイニングキッチンへいくと、そこには昼食用に用意したサンドイッチの皿が放置されている。

かかっていたラップの残骸《ざんがい》までそのままだ。

「らしすぎるだろ」

呟《つぶや》いて、笑おうとした。

なのに、空っぽの皿を見つめていたら急に悲しみが押し寄せてきて、俺は軋む胸をぎゅっと押さえる。

ぽつりと、ダイニングテーブルに涙が丸いあとをつけた。それがあっという間に滲《にじ》んでいく。

「……っ」


唇を噛《か》んで、必死に嗚咽《おえつ》を堪《こら》えながら、俺はその場にしゃがみこんだ。

心は心臓ではなくて脳にあるなんて、嘘《うそ》だ。

だって、こんなに胸が痛い……。

痛くて苦しい……。

ずっと覚悟《かくご》していたことなのに。

最初から失うとわかっていたのに。

どんなに覚悟をしていても、傷つくことを完全に回避《かいひ》することはできないんだと思い知る。

ただ、痛みを想像して、ショックを和《やわ》らげるのがせいぜいで……。

そう思ったら、今まで――この恋《こい》を抱《かか》えている間何度も胸が痛んだのは、このための準備だったのかもしれないって気がした。

そうして、どのくらい泣き続けていたんだろう？

気付くと赤かった空は藍色《あいいろ》に染まり、立ち上がると負担のかかっていた足首がしくしくと痛んだ。

すっきりした、とはいえないけれど、いつまでもこうしているわけにいかないことも確かだった。

それに、ここにいたらきっとずっと泣き続けてしまう。

気分を切《か》り替えたくて、わざと声に出してため息をつき、俺は手の甲《こう》で涙をぬぐってから、コップと皿をシンクに入れた。

「あーあ」

わざといっぱい水を出してその二つを洗い、冷蔵庫に残っていた賞味期限が三日後の牛乳を捨てる。生ごみは処理機に入れてあるし、そのほかのごみは一週間ぐらい放っておいてもまぁ大丈夫《だいじょうぶ》だろう。

開けっ放しになっていたカーテンをきちんと閉めていたら「相変わらずおせっかいなやつ」と言っていた慶吾を思い出して、また少し泣きそうになった。

あのときはまさか、慶吾の部屋に来ることになるなんて思ってもみなかったし、IPSなんて病気は聞いたこともなかったけど……。

ぼんやりと、あの日にもし戻《もど》れるとしたらどうするだろう、と考える。

ドラッグストアになんて寄らず、慶吾に再会することもない道を選べるとしたら。

――わからない。

慶吾に再会しなければ、こんな苦しい思いはしなくてすんだ。

それは確かだ。

けれど、もしさらに時間をさかのぼって、自分が慶吾に出会う前に戻れるとして、慶吾に出会わない人生を選ぶかと問われたら、答えは間違いなくNOだった。

出会いさえしなければ、なんて思えない。

だからこんな思いをするのも、きっと必然だったんじゃないかって。

そんな気がした……。


翌日の火曜日は春休みの最終日だった。

明日の新任式と入学式、始業式の打ち合わせがあり、そこからは入学式に始業式、新入生歓《かん》迎会《げいかい》に部活説明会、オリエンテーション……と連続する学校行事の準備と本番でばたばたと忙《いそが》しくなる。

それは俺にとってはありがたいことだった。仕事に没頭《ぼっとう》していれば、余計なことを考えずにすむ。

その代わり、家に帰って一人になると、途端《とたん》に何もする気が起きなくなった。

ただぐったりとベッドに横になって、けれど眠《ねむ》ることもできない。することがなくなれば、考えてしまうのはどうしても慶吾のことだからだろう。

いろいろな感情が渦巻《うずま》いて、少し眠れば悪夢を見た。

退院した慶吾が俺を罵倒《ばとう》するというのが大まかな筋立てで、場所が俺のマンションだったり、慶吾のマンションだったり、なぜか高校の教室だったり、登場人物に神原が増えていたりするときもある。

そうして、不意に引っ越《こ》そうかと思い立ったのは土曜日のことだ。

明け方まで眠れず、ちょっとうとうとしたと思ったら一番スタンダードな、俺のマンションにきて罵倒のバージョンの夢を見てしまったせいだった。

引っ越してしまえば、少なくとも慶吾が俺のマンションにやってきて罵倒をする可能性はなくなるし……。

もちろん現実逃避《とうひ》だということはわかっていた。慶吾がわざわざやってきてまで、俺に文句を言うようなことはないだろうってこともわかっている。

けれど、仕事が休みで、これといってすることもなかったせいだろう。一度考え始めたら、止まらなくなった。

もともと、逃《に》げるのは初めてじゃないというのもある。

高校のときだって、大学進学を理由に地元を逃げ出した。だから多分、俺はそういう気質なんだと思う。

けれど、高校時代と決定的に違《ちが》うのは、俺には仕事があるってことだった。

「やっぱり学校辞《や》めてってのは無理だよな……」

「えっ、二見先生学校辞める気なんですか？」

驚《おどろ》いたような声がして、俺はパチリと瞬《しばたた》いた。

それからようやくここが国語科準備室であることを思い出す。

俺の呟きに突《つ》っ込んだのは背中合わせの席に座っている、四つ年上の中里《なかざと》という女性教師だった。

現在は六時間目で、ほかの先生は授業があって出払《ではら》っている。

「あ、いえいえ。友人の話です」

俺は振《ふ》り返ると、慌《あわ》ててそうごまかした。

「なんだ。おどかさないでくださいよー」

中里先生は心底ほっとしたというように笑う。

「二見先生が辞めたら、わたしかなり孤独《こどく》なんですからね」

そう言うのも無理はない。私立高校の場合転勤がないから、教員は基本的に顔ぶれが変わらない。現在、国語科には八人の教員がいるけれど、俺と中里先生以外はみんな四十代以上だった。

「この就職難に、そう簡単に辞めないですって」

「まぁ、そうですよね」

そう中里先生が言ったのにかぶさるように、授業終了《しゅうりょう》のチャイムが鳴る。

「あー、やっと終わった……。って言っても、このあと演劇部に顔出さなきゃいけないんですけどね。今日から部活動の仮登録も始まるし」

「僕もですよ。あー、でもその前に委員会の一回目があるから」

お互《たが》いがんばりましょうなんて会話を交《か》わしている間に、ほかの先生も戻ってきて、俺は委員会に出るために席を立った。

受け持ちである図書委員会の開かれる図書室へと向かいつつ、再び引っ越しのことについて考え始める。

仕事を辞めるのはやっぱり無理だろう。

それは、中里先生に言ったとおり就職難だっていうのもあるけど……生徒たちのことが一番だった。

始まったばかりとはいえ、学期の途中《とちゅう》で放り出すようなことは絶対にしたくない。

特に、今年は三年生の古文と文章表現を受け持つことになっているから、受験生に余計な負担をかけることになりかねないし……。

それに、年度が変わったばかりで、今辞めたいなどと言い出したら、先生たちにどれだけ迷《めい》惑《わく》がかかるかわからない。

けれど、それならせめて、生活圏《けん》が全くかぶらないように少し離《はな》れた場所に引っ越そうか、と思う。慶吾に、偶然《ぐうぜん》にでも会ったりしないように。

もちろん、今だって慶吾のマンションは学校を挟《はさ》んで逆側なんだから、わざわざ向こう側に行かない限り偶然会うこともほとんどないはずだ。

それに、慶吾のマンションが学校の極近くであることを考えると、駅からの道のりで会ってしまう可能性もゼロじゃない。完全に偶然を避《さ》けようと思ったらやっぱり学校を辞めるしかない。

でも辞めるわけには……。

なんてそんな風に、堂々巡《どうどうめぐ》りの思考を、堂々巡りと承知で続けてしまうのにはわけがあった。

――今日が慶吾の退院の日だから。

そのことを考えたくなくて、思考を別のことで埋《う》めておきたかった。

けれど……。

仕事が終わり、この角を曲がったらマンションが見えるという場所まで来ると、やはり思考は慶吾が今どうしているか、ということに向かってしまっていた。

絶対こないと思っていても、連日あんな夢を見れば不安にもなるというものだ。

俺は、そっと角からマンションのほうを窺《うかが》う。

特に人影《ひとかげ》や、見慣れた車はない。

しかし、ほっと息をついて、マンションへと向かい、エントランスに足を踏《ふ》み入れようとしたときだった。

「明人」

「っ！」

突然《とつぜん》、背後から声をかけられて、すっかり安心していた俺はびくりと背中を震《ふる》わせる。

聞き覚えのありすぎる、ぶっきらぼうな声。

振り返らなくても誰《だれ》だかわかって、俺は弾《はじ》かれたように踵《きびす》を返して走り出した。

「…っ…なんで……っ」

必死になって走りながら、ひょっとして自分はあの夢の中にいるのか？　と思う。

後ろから足音が追いかけてくるあたりは、まるでホラーだ。

けれど、追いかけっこは夢の中以上に早く決着がついた。

――俺の敗北という形で……。

ぎゅっと摑まれた腕《うで》が痛い。けれど、すぐにでも罵倒されると思っていた俺の予想に反して、慶吾はそのまま俺の腕を引いて歩き出した。

「け、慶吾……？」

「黙《だま》ってついてこい」

それだけ言うと、慶吾は帰宅時に使うのと真逆の路地に停《と》めてあった車に俺を放り込むように乗せる。

そのまま動き出した車の中で、俺はどうしていいかわからずに固まっていた。

まさか、本当に慶吾が来るなんて信じられなかったし、それ以上に胸が苦しくて……。

もう、二度と会えないんだって思っていた。

なのに、こうして同じ車に乗っているなんて……。

人目のないところで思う存分罵倒《ばとう》するためだとわかっていても、やっぱりうれしくなってしまう。

本当にバカだと思うけど、いやむしろマゾかもと思うけど……。

引《ひ》っ越したかったのは、高校卒業後に携帯《けいたい》の番号を変更《へんこう》したのと同じ理由だった。

――期待してしまうから。

慶吾の近く――しかも慶吾が知っている場所に住んでいたら、いつか慶吾に会うことがあるんじゃないかと、期待して期待して、自分が疲弊《ひへい》するのがわかっていた。

かすかな音を立てて、車が止まる。

顔を上げると、そこは慶吾のマンションの駐車場《ちゅうしゃじょう》だった。

「降りろ」

慶吾の言葉に従って俺は黙って車から降りる。

慶吾はすぐに俺の腕を取って歩き出した。ここまで来て逃げる気なんてなかったけど、それを言っても慶吾は信じないだろうと思う。

今日のを合わせたら、俺はもう三回も慶吾から逃げ出しているんだから、信じろというほうが無理だ。

車に乗せられたときと同じように、室内に押し込まれる。

腕を掴んだままの慶吾がずかずか入っていくから、急いで脱《ぬ》いだ靴《くつ》が片方フローリングに載《の》ってしまったけれど、直している暇《ひま》は当然ない。

リビングに足を踏み入れたとき、いよいよかと思ったのに、慶吾はリビングをあっさり通り抜《ぬ》け寝室《しんしつ》へと足を踏み入れた。

「け、慶吾？　なんで――」

「黙ってろよ。質問をするのは俺だ」

そう言うと、慶吾は俺をベッドに放り投げるようにして、ようやく腕を放す。けれど、今度は上からのしかかられて、腕を掴まれていたとき以上に身動きできなくなった。

俺はいよいよ状況《じょうきょう》がわからなくなる。

どうして、慶吾が俺を押し倒《たお》してるんだ？

「なんで逃《に》げた？」

「えっ？」

混乱の中にいた俺は慶吾の質問が頭に入ってこなくて、首を傾《かし》げた。

けれど、慶吾はそれをごまかしだと思ったらしい。むっとしたように眉《まゆ》を寄せる。

「……お前は俺のことが好きなんじゃねーのかよ？」

不機嫌《ふきげん》そうな声。眉間《みけん》のしわもそのままで、高校時代の俺だったら怒《おこ》っていると判断すると

ころだ。

なのに、なんでだろう？

俺には慶吾が——慶吾の心が、違《ちが》う表情をしているのが見える気がした。

少し拗《す》ねた、子どもっぽい顔。

とくりと心臓が鳴る。

まさか……いや、そんなはず、ない。

一瞬《いっしゅん》だけ胸の奥に浮《う》かんだ期待を、ぎゅっと押し込める。

「どうなんだよ？」

「あ……あれは、お前がIPSだったから、それで……しょうがなく」

迷いながら俺はそう口にした。

どっちにしろ許されないとわかっていたし、責められるのも罵倒されるのも覚悟《かくご》の上だった
けど、やっぱりあらためて本心だったと告げるのは怖《こわ》くて……。

「——本気で言ってんのか？」

「っ……ほ、本気に決まってるだろっ！」

睨《にら》みつけてくる慶吾から視線を逸《そ》らして、怒鳴《どな》るようにそう言った。

「つまり、同情だったって？」

俺とは逆に、静かな声で言った慶吾に俺は視線を逸らしたまま小さく頷《うなず》く。

「嘘《うそ》をつくな」

「う、嘘なんて」

「お前は同情だけで、俺に抱《だ》かれたってのか？」

「それは……」

慶吾の言葉に俺はきゅっと唇《くちびる》を嚙《か》んだ。

――そんなわけがない。

慶吾が好きだから、だめだとわかっていたのに求められて応《こた》えてしまった。……求めてしまった。

けれど、いまさらそんなことを口にしてどうなるって言うんだろう？

「どうして、そんなこと訊《き》くんだよ……？」

「質問するのは俺だって言ってんだろ」

俺の問いに、慶吾は相変わらず険しい口調のままそう言うと、覆《おお》いかぶさるようにしてぎゅっと俺を抱きしめた。

「け、慶吾っ？」

「……嘘だって言え」

「え？」

思わぬことに慌《あわ》てふためく俺の耳元で、慶吾がぼそりと言う。

「今言ったのは全部嘘で、俺が好きだから抱かれたんだって言え」

耳元で、大好きな声がめちゃくちゃな要求を突《つ》きつけてきた。

「そんなこと、言えるわけないだろ……」

俺はそっと頭《かぶり》を振《ふ》る。

めちゃくちゃだけど、それは全部本当のことだった。けれど、だからこそ言えない。そう思ったのに。

「言えよ」

慶吾は痛いくらいの力で俺を抱きしめてくる。

「なんで、言わねーんだよっ」

どうして慶吾がそんなことを言うのか、俺には本気でわからなかった。

全部を詳《つまび》らかにした上で、俺を断罪しようと思ってるのか？

けど、それならなんでこんな風に抱きしめたりするんだろう？

突然《とつぜん》の慶吾との再会でただでさえ上手《うま》く働かなくなっていた思考は、今や完全に混乱状態だった。

けれど――――。

「俺はお前のことが好きなのに」

苦しげな声で告げられた言葉に、俺は目を瞠《みは》った。

混乱していた思考は一瞬、完全に停止して、真っ白になった心の中にぽつんとその言葉が降ってくる。

――俺はお前のことが好きなのに。

俺はお前が、好き？

あまりの信じられない台詞《せりふ》に、一瞬『お前は俺が』の間違《まちが》いじゃないだろうかと思う。

「慶吾が、俺を……？」

「ああ」

ぶっきらぼうではあったけれど、はっきりとした肯定《こうてい》だった。

「嘘、だろ……？」

信じられない。だって、慶吾はもうＩＰＳじゃないはずで……。

そこまで考えてハッとする。

「ひょっとして、再発したのか？」

「再発？」

よほど意外な言葉だったのか、質問するなとも言わずに慶吾は怪訝《けげん》な声を上げた。

「ＩＰＳだよ」

「んなわけあるか、バカ」

「けど、ならなんで……」

返ってきたのは、疲《つか》れたような、困惑《こんわく》したような複雑なため息である。

「慶吾？」

「黙《だま》ってろ。今覚悟決めてんだから」

なんのだよ？　と思ったけれど、俺はとりあえず口を閉《と》ざした。

「……一度しか言わねーからな」

やがて、慶吾は覚悟とやらを決めたらしく、そう前置きをして話し出す。

「俺は、高校のときからずっと、お前のことが好きだったんだよ」

「うそだろ、だって――」

「いいから黙って聞けっての」

「………」

慶吾の言葉に俺は再び口をつぐんだけれど、内心はそんなわけがないという言葉でいっぱいだった。

だって、高校時代の慶吾には、神原がいたのだ。

俺を好きだったはずがない。

それなのに。

「お前のやたらおせっかいなとことか、口うるさいとことか、バカかと思うほどお人よしで振り回されやすいとことか、普段《ふだん》は素直じゃねーことを言うくせに、俺の書く話を好きだって言うときだけはバカみたいに素直《すなお》なとことか、バカみたいに一生懸命《いっしょうけんめい》なとことか」

「バカって何度も言うなよ」

「黙ってろ。――どこまで言ったかわかんなくなるだろ。……とにかく、そういうバカみたいなとこを好きになったんだよ」

「っ……」

淡々《たんたん》とした声の、語尾《ごび》だけが甘く溶《と》けるようで、俺は息を呑《の》んだ。

「お前だって、俺のことを好きだったはずだ。なのになぜか卒業した途端《とたん》に逃《に》げられた。俺がどれだけショックだったかわかるか？　散々避《さ》けられて、卒業式のあとの約束は勝手に反故《ほご》にされて。さすがに腹が立ったし、大学は一緒《いっしょ》だと思ってたからほっといたら、県外の学校に勝手に入学してるし、電話をしたら番号は変更《へんこう》されてる。直接家まで行けば、行き先は教えられないなんて門前払《もんぜんばら》いされて」

なんだよ、それ……。

寝耳《ねみみ》に水《みず》どころの話じゃない。俺は驚《おどろ》きすぎて、瞬《まばた》き一つできないほどだった。

だって、そんな……それじゃまるで本当に……。

「四ヶ月前、咲紀がお前の職場を突き止めたって言い出して、すぐにここに引っ越《こ》してきた。住んでる場所は知らなかったけど、職場からこんだけ近ければ会うこともあるだろうと思ったんだ。だから、あの日ドラッグストアで会ったときは、このチャンスは絶対に逃がせないって思った。もう一度会えたら、今度こそ絶対に失敗しないって決めてたからな。IPSになったのは計算外だった」

慶吾はそこで一旦《いったん》言葉を切ると、ふっと小さく息を吐《は》く。笑ったようだった。

「まぁ、IPSには感謝してもいいと思ってるけどな。おかげでずっと言えなかったことも、全部言えた」

「ずっと言えなかったこと……」

「ああ」

その言葉を聞いたら、ようやく信じられない言葉のオンパレードで固まっていた脳が動き出した気がした。

同時に、背骨のあたりから痺《しび》れるような歓喜《かんき》が広がってくる。

「じゃあ、本当に……？」

「……ああ、お前が好きだ」

じわりと目の奥から涙《なみだ》が湧《わ》き出してきて、俺は何も言えないまま目を閉じる。

もう、二度と聞けないはずの言葉だった。

けれど、それを言ったらこの腕《うで》だって、二度と触《ふ》れられないはずのもので……。

たまらないような気持ちになって、俺は腕を上げ、慶吾の背を抱き返す。

「好きだ」

気付いたら、そう口にしていた。

慶吾の背が驚いたように小さく揺《ゆ》れ、抱《だ》きしめていた腕が弛《ゆる》んだ。

俺は逆にぎゅっと腕に力を込める。

「好きなんだ……慶吾のこと……」

「――やっと言ったな」

安堵《あんど》したような、笑い混じりの言葉とともに、一度弛んだ腕が再び強く抱きしめてきた。

そのことに胸の奥まで、ぎゅっとなる。

けれど、それで完全に疑問がなくなったわけではなかった。

それは慶吾も同じだったらしい。

不意に、すっと腕の力が弛み、抱擁《ほうよう》をといて俺の顔を見下ろしてくる。

「けど、それならなんで逃げたんだ？」

「なんでって……いつのだよ？　さっき？　一週間前？　それとも……五年前？」

「――さっきは？」

「慶吾が怒《おこ》ってると思ったから」

「一週間前は？」

「ＩＰＳが治ったら、慶吾は俺のこと許せないと思ったから」

「……なら、五年前は？」

俺は一瞬《いっしゅん》だけ逡巡《しゅんじゅん》し、いまさら隠《かく》してもしょうがないと思い直す。それに、このことは俺も少しすっきりしないし、できれば訊《き》いておきたいことだった。

さっきの慶吾の言葉――高校時代から俺を好きだったという言葉を嘘《うそ》だとはもう、思いたくないけど……。

「慶吾が、神原と付き合ってるって知ったから」

「は？」

俺の答えに慶吾は、どこか間のぬけたような声を上げる。

何を言われたかわからない、というような顔だ。初めて見るその表情に、俺はパチリと瞬《またた》いた。

「――俺と、咲紀が？」

混乱したように言う慶吾に、俺のほうもなんだか少し混乱してくる。

「いつからか知らないけど、付き合ってただろ？　俺が知ったのは高三の……二月だったけど」

しどろもどろに訊いた俺に、慶吾の眉間《みけん》にじわじわとしわが寄った。

「付き合ってない」

ただ、嫌《きら》いなものを無理やり食べさせられたときみたいな顔でそう言って、頭《かぶり》を振《ふ》る。

嘘をついているようには見えなかった。

「け、けど」

俺は混乱した頭でなんとか、五年前にクラスメイトと交《か》わした会話や、慶吾が『同棲《どうせい》するって本当か？』というメールに『本当』だと返信してきたことなんかを説明する。

慶吾はしばらく眉間にしわを寄せつつ黙って俺の話を聞いていたけれど、やがて疲《つか》れ果てたような深いため息をついて俺の上から身を起こした。

俺も自分だけが寝転《ねころ》がっているのは間抜《まぬ》けな気がして、慶吾の様子を見つつ、そろそろと起き上がる。

慶吾は、俺の顔にちらりと視線を投げた。

「誤解だ」

「……何が？」

「何もかも」

慶吾はそう言うと再びため息をこぼして、ポツリポツリと説明し始める。

「まず、咲紀とは腐《くさ》れ縁《えん》以上の関係になったことはない」

腐れ縁がどれくらいの関係かわからないけど、文脈からして恋人《こいびと》未満であることは間違《まちが》いないようだ。

「じゃあ、マンションを買ったのは？」

「買ったは買った。けど、咲紀と住むつもりはこれっぽっちもなかった」

「ならなんで一緒に不動産屋に行ったんだよ？」

「あいつが勝手についてきたんだ。しかも、一回だけ」

慶吾は俺の疑問に、迷うことなくぽんぽんと答えていく。これもやっぱり嘘には聞こえなかった。

ってことは、慶吾は自分のためのマンションを買っただけってことか？

いや、まてよ……。

「――あのメールは？」

同棲するためにマンションを買ったって本当なのか、という問いに対して、慶吾が本当、と返してきたからこそ、俺は全《すべ》てが真実なんだと思ったのである。

その問いを口にした途端、慶吾は今まですらすらと答えていたのが嘘のように沈黙《ちんもく》した。

「慶吾？」

「………」

ひょっとして、覚えてないんだろうか？

けれど、今までの勢いなら覚えてないなら覚えてないと言いそうなもんだけど……。

よっぽど言いにくいことなのか？

そう思った途端、俺の中で一つの仮説が生まれた。

「ひょっとして、神原じゃない子と同棲するつもりだった……とか？」

そんな子がいたなんて、全然気付かなかったけどと思いつつ訊く。

すると、慶吾は逡巡ののち小さく、けれど確実に頷《うなず》いた。

「ちょ、待てよ」

そんな子がいたというなら、神原との噂《うわさ》を否定したところで、根本的な部分にはなんの影《えい》
響《きょう》もなくないか？

そう思ったときだった。

「――……お前だよ」

慶吾が、極小さな声でそう言って、俺は思わず首を傾《かし》げる。

お前？　お前って？

「お前……………。は!?　俺!?」

不意に言葉の意味に気付いて、俺は頓狂《とんきょう》な声を上げた。

いや、ちょっと待てよ。

どうして俺？　っていうか俺？

混乱のあまり頭の中がぐるぐるする。

「ちょっと訊きたいんだけど……つまり、俺と住むつもりでマンション買ったってこと？」

「…………ああ」

「わかりにくい！」

思わず力いっぱい突《つ》っ込んでしまった俺を慶吾が睨《にら》んだけれど、俺は何も悪くないと思う。

とりあえず、慶吾がすごく答えにくそうだった理由はよくわかった。

「っていうか、お前外堀《そとぼり》から埋《う》めすぎだろ？　俺の許可とる前に買うとか事後承諾《しょうだく》にもほどがあるし——」

「買ったあと一緒《いっしょ》に暮らせって言うつもりだった」

「逆だろ！　先に言えよ！」

「お前が断るとは思わなかった」

慶吾がぼそりと落とした言葉に、俺は一瞬何も言えなくなってしまう。

確かに、慶吾に一緒に暮らせと言われていたら、俺はきっと了承《りょうしょう》していただろう。

親が反対しても、なんとしても説《と》き伏《ふ》せたに違《ちが》いない。

実際は、そうはならなかったわけだけど……。

「つまり、全部誤解？」

「そう言っただろ」

慶吾の言葉に、俺はがくりとうなだれた。

五年前、俺が誤解して地元を離《はな》れたりしなければ、慶吾と四年間同じ大学に通い、一緒に暮らせていたのか……。

そう思うと、悔《くや》しいとかなんとか思う前に、呆然《ぼうぜん》としてしまう。

「けど、そもそも『同棲』って書いたのをお前が否定しなかったから誤解したんだよ。あんとき『同棲じゃなくて同居だ』とか書いてくれれば俺だって――」

「バカかお前は」

ぶつぶつと呟《つぶや》いていた俺の言葉を、慶吾が呆《あき》れたように遮《さえぎ》った。

「お前と俺が一緒に住むんだから同棲しかねーだろ」

むっとして顔を上げた俺は、その言葉にぽかんとして、それから熱くなった頬《ほお》を隠《かく》すように俯《うつむ》く。

『同棲しかない』ってことは、つまり慶吾があの頃《ころ》から俺のことを好きだったたってことの裏付けみたいなもので……。

考えれば考えるほど顔が熱くなって、火が出ないのが不思議なくらいだった。

「お前は鈍《にぶ》いんだよ」

「……慶吾にだけは言われたくない」

「俺の気持ちに全く気が付かなかったくせに？」

そう返されてぐっと言葉に詰《つ》まる。確かに俺は慶吾の気持ちに全く、これっぽっちも気付いていなかったのだから、言われても仕方ないのかもしれない。けど。

「そんなの、言わなきゃわかんないだろ」

「言う前におまえが逃《に》げ出したんだ」

むっとしたように言われて、言うつもりはあったのか、と思う。

けど、慶吾はそんなそぶりも全然見せなかったし、言葉でも結局は言わなかった。わかれってほうが無理だ。

「じゃあ、今さっき言ってたのって、全部本当だったのか？」

昔からずっと好きだったとか、バカみたいなとこが好きだとか。

慶吾は俺の問いに、また不機嫌《ふきげん》そうに眉間《みけん》にしわを寄せる。

けれど、なんとなく慶吾が照れているんだってことが、わかってしまった。

「本当だったんだ……」

「二度と言わないけどな」

むっとしたように言った言葉に思わず笑ったら、慶吾は軽く俺を睨み、それから小さくため息をつく。

そして、俺の肩《かた》を抱《だ》き寄せると、触《ふ》れるだけのキスをした。

俺は驚《おどろ》いてパチリと瞬《しばたた》き、それから今度は自分から唇《くちびる》を寄せる。

慶吾が同じようにパチリと瞬き、それからにじむような笑みを浮《う》かべたのを見て、二度と言われなかったとしても、この表情があればもう二度と誤解したりしなくてすみそうだな、なんて思った……。

キスの合間に、お互《たが》いの服を脱《ぬ》がしていく。

ジャケットを着たままだった俺のほうが一枚多くて、けれど、慶吾のほうが上手《うま》かったから全てを脱ぎ終わったのはほとんど同時だった。

素肌《すはだ》が触れ合う感覚だけで、指先が震《ふる》え、胸が甘く痛む。

慶吾の手が俺の胸に触れた。そこが痛むのを知ってるみたいな、やさしいしぐさ。

俺も慶吾の胸へと手を伸《の》ばした。

とくとくと脈打っているのが伝わって、不意に心の在《あ》り処《か》についての言葉を思い出した。

心は心臓ではなくて脳にあるという、あの言葉。

それは確かにそうなんだろうけど、昔の人が心は心臓にあるって考えたのもよくわかるって思う。

「んっ……」

慶吾の手が胸をすべり、俺はびくりと肩を揺《ゆ》らした。慶吾の胸から手が離れる。

それを待っていたように、慶吾が俺をゆっくりと押し倒《たお》した。

慶吾の手が体の輪郭《りんかく》をなぞるように触れる。

「あっ……ぁ…」

体中がすごく敏感《びんかん》になっているみたいだった。

この前は触れられれば触れられるだけ淋《さび》しくなったのに、今はまるで逆だと思う。

慶吾の指が、手のひらが触れる場所から、どんどん満たされていく気がして……。

快感だけでなく歓喜《かんき》までもが、溢《あふ》れてくるみたいだった。

「あっ、んっ」

突然《とつぜん》濡《ぬ》れた舌が胸元《むなもと》に落ち、ちゅっと音を立てて乳首《ちくび》を吸い上げる。

途端《とたん》、まだ触れられていない下肢《かし》にまで快感が走り、俺は足の指をぎゅっと丸めた。

そこが弱いことを慶吾はとっくに知っていて、唇の触れていないほうには指が伸ばされる。

「やっ、あっ、あぁ……っ」

尖《とが》らせるように摘《つま》んだあと、先端《せんたん》をくりくりとこねられて、高い声がこぼれた。

すると今度はすっかり尖ったものを、指の腹で押しつぶすようにされる。同時に唇に含《ふく》まれていたほうを歯に挟《はさ》むように擦《こす》られて、びくんと足が震えた。

そうやって慶吾は、まるでそこ以外興味がないみたいに執拗《しつよう》に愛撫《あいぶ》を繰《く》り返す。

「慶吾っ……」

「……どうした？」

ぶっきらぼうな声に喜色がにじんでいるのがわかって、俺が触れて欲しいと言うのを待っていたのだと気付いた。

「し、下も……さわ……って……っ」

「下？」

そんな言い方じゃわからない、と言うように慶吾の手がへそのあたりをくすぐる。

「んっ、も…と…ッ、もっと下…っ」

すると今度は太ももをするりと撫《な》で上げられた。

「や、なん……で」

頭《かぶり》を振《ふ》ると、慶吾は強く胸を摘む。

「ほら、はっきり言えよ」

そうして口にするまでじらされて、ようやく慶吾の指が触れたときには、そこはすっかり先走りで濡《ぬ》れ始めていた。

「とろとろになってる……」

「あっ」

上下に扱《しご》かれてびくりと腰《こし》が跳《は》ねる。ぐちゅりと濡れた音がして、頬が熱くなった。

その頬を隠すように、目を閉じて右頬をシーツに押し付ける。

途端、ふと慶吾が体を離した。そして……。

「ひぁっ……！」

突然《とつぜん》ぬるりとしたものがそこに触れて、俺は高い声を上げた。

慌《あわ》てて視線を下げると、慶吾の舌が俺のものに触れているのが視界に入り、俺はぎょっと目をむく。

「ちょ、慶吾…っ」

腰を引こうとしたけれど、太ももを抱《かか》え込むようにされて身動きが取れなくて……。

「は、はな…っ、やあ…っん、んんっ…！」

その上、今度は口の中にすっぽりと包み込まれてしまった。そのままねっとりと絡《から》みつくように舌を這《は》わされ、唇で締《し》め付けるように刺激《しげき》されて、たまらない快感に腰ががくがくと震える。

「やっ、慶吾っ……も、だめっ…離《はな》せ…って」

触れられる前からすでにぎりぎりだったそこは、もう今にもはじけてしまいそうだった。

このままでは、慶吾の口の中でいってしまうと、俺は必死で慶吾の顔に手を伸ばす。

けれど、慶吾はそんな俺の手を無視して、さらに強く吸い上げるようにしてきて……。

「だめ…っ、いく…っ…いっちゃ……あ！」

結局、驚くほどあっけなくいかされてしまった。

その上、ごくりと喉《のど》が動いたのを見て、ますます居たたまれない気持ちになる。

「っは…あ……ぁ、ば、か…っ、離せって、言ったのに…っ」

「なんで？」

「ま、まずいだろ。あっ…あごだって、痛く…なるし」

そう言った俺に、慶吾はくすりと笑った。

「痛くなるほど長時間銜《くわ》えてたわけじゃねーし」

「は、早くて悪かったなっ！」

申し訳ないことをしたと思った俺の気持ちを返せと思う。

でも、睨《にら》みつけた途端。

「それに、確かに美味《うま》いもんじゃねーけど、お前のなら別に平気だ」

なんて言われて、どうしていいかわからなくなった。

恥《は》ずかしいし、でもなんかちょっとくすぐったいような気もするし……。

とにかく慶吾の顔を直視できず、顔を隠《かく》すように横向きに寝返《ねがえ》りを打った。

慶吾はそんな俺の背中を押すようにしてそのままうつ伏《ぶ》せにさせ、背中に何度か唇を押し当て、吸い上げてくる。

そうされているうちに、ようやく呼吸が落ち着いてきた。

「ほら、腰上げろよ」

「っ……」

慶吾の言葉に、俺はゆっくりと膝《ひざ》に力を入れて腰を浮かす。

すぐに腹の下に枕《まくら》を押し込まれ、腰だけを高く上げるポーズを取らされた。

恥ずかしくないわけじゃない。けれど、自分だけが先にいってしまったのは確かだし、それに……慶吾のものを入れて欲しいという気持ちが強く、胸の中にあった。

もう、二度とこんなことありえないって思っていたから……。

「あ……っ、あっ」

指が狭間《はざま》に触《ふ》れ、入り口を撫でた。揉《も》み解《ほぐ》すような動きに、そこが浅ましくひくつくのを感じる。

そこに、ひたりと濡れたものが触れて、俺はびくりと腰を揺らした。けれど、それにはかまわずにそのまま狭間をなでる。

「やっ、慶吾…っ」

それが慶吾の舌だということは、すぐにわかった。

けれど。

「あ！　あぁ……っ」

舌で濡らされた場所にゆっくりと慶吾の指が入り込んでくると、俺はすぐに動けなくなった。

舌と指が交互《こうご》に入り込んでは中を濡らし、広げていく。

そんな場所を舐《な》めるなんてという羞恥《しゅうち》を、快感と、その先を求める気持ちが押し流してしまう。

「んっ、あ…っ…ぁ」

本音を言えば、痛くてもいいから、もう慶吾のものが欲しいくらいだった。

慶吾もそれは同じだったらしい。指はすぐに二本に増やされ、ぐるりと中をかき混ぜたと思ったら三本に増えた。

「痛いか？」

「んっ……へい、き…っ」

中を広げるように指を動かされて、頭を振る。すると、慶吾はまるで褒《ほ》めるように俺の背中にキスを落とした。

やさしい感触《かんしょく》に、胸の奥が温かくなるような気がする。

ＩＰＳじゃなくなった慶吾のセックスは、意地悪だったりやさしかったり、性急なのに少し気遣《きづか》いを感じたりとちぐはぐで、でもそれが慶吾らしくてうれしかった。

あの慶吾だって幻《まぼろし》じゃなかったとは思うけれど……。

でも、やっと本当の慶吾に抱《だ》かれているのだ、という気持ちが湧《わ》きあがってくるのも確かだ。

「そろそろいいか？」

シーツに額を擦《こす》り付けるように頷《うなず》くと、中を広げていた指がずるりと抜《ぬ》かれた。

そして、指の代わりにもっと熱いものがそこに触れ、慶吾の手が腰を掴む。

「は…ぁ…あ…あぁっ」

俺は意識して深く息を吐《は》いた。

ゆっくりと、体の中に慶吾のものが入り込んでくる。

やがて慶吾のものが体の奥を満たし、慶吾は俺の背中に覆《おお》いかぶさるようにして背中を抱《だ》きしめた。

そのことに欲望《よくぼう》とは少し違《ちが》う、満たされた気持ちになる。

けれど。

「全部入ったの、わかるか？」

「あっ……」

そう耳元で囁《ささや》かれた瞬間《しゅんかん》、俺はびくりと背中を波打たせて中にある慶吾のものを締めつけてしまった。

慶吾が息を飲んだのがわかる。

「……なるほどな」

それからくすりと声を立てて笑うと、耳たぶを唇《くちびる》で引っ張った。

「ひ…っあっ、やっ、あぁっ」

ちろちろと耳殻《じかく》を舌で辿《たど》るように舐められて、たまらずに体が震《ふる》える。

「耳が弱いのか……。もっと早く気付けばよかったな」

慶吾はそう言ってもう一度笑うと、少し痛いくらいの力で耳殻に歯を立てた。

「いっ…んぅ……っ」

痛いはずなのに、それはまるで鋭《するど》い快感のようで……。俺はまた中にある慶吾のものをぎゅっと締め付けてしまう。

「もう俺が持ちそうもない」

そう言って、慶吾は体を起こすと腰《こし》を両手で掴み、激しく抜き差しを開始する。

「あ、あっ、あぁ…っ」

中を擦られるたびに、どんどん快感が増していくのがわかった。

やがて慶吾のものが、ぐっと深くまで突《つ》き入れられて、慶吾が中でいったのを感じる。

それからすぐに、慶吾の手が俺のものに触れて、俺は慶吾の手の中で二度目の絶頂を迎《むか》えたのだった……。


――二見くんのおかげで雑誌に穴空《あ》けなくてすんだから、お礼が言いたいの。

そんな理由で、神原が俺たちの部屋を訪ねてきたのは、五月半ばの日曜日のことだった。

「コーヒー？　紅茶？」

手土産《てみやげ》にケーキの入った箱と、慶吾宛《あて》だというファンレターの入った紙袋《かみぶくろ》を持ってきた神原に、俺はそう問いかける。

「うーん、紅茶かな。あ、でも今日はお礼に来たんだから、あんまり気を遣わないでね」

「なら、物だけ置いてとっとと帰れよ」

そう言ったのはもちろん慶吾だ。

「あんたに会いに来たんじゃないわよ」

俺が慶吾をたしなめるより先に、神原がそう言い返す。

前に見たときは、元恋人《こいびと》同士が仲良く喧嘩《けんか》しているように見えたけど、フィルターを取っ払《ぱら》ってみると、あまりの気の置けなさに、まるで兄弟のやり取りのようだと思えてくるから不思議だ。

俺はちくりちくりと舌戦《ぜっせん》を繰《く》り広げている二人を尻目《しりめ》に紅茶を淹《い》れ、神原の持ってきてくれたケーキの箱を開ける。

「神原、ケーキはどれがいいんだ?」

「どれでもいいよー。好きなのばっかり買ってきちゃったから」

悪びれずに言う神原に苦笑《くしょう》して、チョコケーキとフルーツタルトとチーズケーキを皿に載《の》せた。

紅茶をカップに注いで、ケーキと一緒《いっしょ》に盆《ぼん》に載せると、俺は二人がいるソファセットへと向かう。

「タルトでいい?」

「うん。ありがと」

神原の前にタルトを置き、慶吾の前にチョコ、自分の前にチーズを置いた。

「慶吾には訊《き》かないのね」

「え?」

「ケーキ。何がいいのかって」

神原がそう首を傾《かし》げている間に、慶吾はとっととチョコレートケーキにフォークを突き立てている。

「ああ、こいつチョコかイチゴショートしか食わないから」

「……ああそう」

神原はそう言うと、ため息をついてフォークを手にした。

「なーんか、すっかり出来上がっちゃったのねー」

からかうような、祝福するような、けれど少しだけ不満げな口調でそう言われて、俺は曖昧《あいまい》に笑う。

「こっそり同棲《どうせい》してるし?」

「こっそりって……まぁ、世間体《せけんてい》もあるし」

そう言いながら、俺はリビングの右手側にあるドアをちらりと見つめた。

実はあのドア、隣《となり》の801号室に繋《つな》がっているのである。

ＩＰＳの関係で同居していた頃《ころ》、隣人《りんじん》を見たことがなかったのも道理で、この部屋を買った時点で、慶吾は隣の部屋も一緒に購入《こうにゅう》したのだという。

もちろん、最初から俺を住まわせるつもりで。

五年前の件でちょっとは反省したかと思ったら、そんなことは全然なかったらしい。

正直、なんでそんな無茶《むちゃ》な買い物をしたのかと呆《あき》れたけど、これくらいどうということもないほど稼《かせ》いでると言うし、それは事実なんだろうと思う。

その上、同居というのでは俺の世間体が悪いと思ったと言われて、複雑な気持ちだった。

確かに、この年になって男同士で同居しているというのも不自然だし、突然《とつぜん》生徒が訪ねてきたり、問題行動を起こした生徒を預かったりすることも、ないとは言い切れない。

だから、住所は分けようという、その配慮《はいりょ》自体はありがたいと思う。

けど、やっぱり配慮しようと思えるくらいなら買う前に相談しろよ、と突っ込みたくなるのが普通《ふつう》だろう。

とはいえ結局、現在俺の住所は隣の部屋ということになっている。まんまと慶吾の計画通りだけど、不満があるわけじゃない。俺だって、せっかく恋人になったのだから、できるだけ近くにいたいと思うし……。

あ、もちろん俺に買えるような物件じゃないから、その辺は慶吾に家賃を納めることで合意している。

慶吾は自分の稼ぎだけで十分すぎるほどやってけてるからいらないって言ってたんだけど、俺の気がすまないのと、家賃が溜《た》まったらその金で旅行に行くということで受け取らせることに成功した。

「わたしとしては二見くんが見張っててくれれば、その分慶吾もやる気になるだろうからありがたいけどね。電話で連絡《れんらく》取れないってこともなくなるだろうし？　これからドラマ化・映画化でインタビューとかもあってばたばたするから、いざってときに連絡取れないとマジで困るのよね」

「まぁ、俺がいれば電話ぐらいは出るけど……平日は結構帰りも遅《おそ》いし、役に立てないかもしれないぞ？」

「そういう意味じゃないわよ。電話で連絡取れなかったら、わたしが直接来るしかないでしょ？　慶吾はわたしがここに来るくらいなら、ちゃんと電話取るようになるってこと」

笑いながら言う神原に、慶吾はますます不機嫌《ふきげん》そうな顔になり、神原はそれを鼻で笑う。

本当に、仲がいいんだか悪いんだかっていう……。

「あ、そうそう、本題本題」

「え？」

「今回は本当にありがとう。おかげで最悪の事態は避《さ》けられたし、雑誌の売り上げも好調だし、本当、二見くんのおかげだよ」

首を傾げた俺は、にこにこと微笑《ほほえ》まれて、その件か、と思う。

「けど、実際は何もしてないから、そんなに感謝されると逆に困るって言うか……」

「何言ってるんだか。二見くんが言ったんじゃなかったら、慶吾絶対書かなかったよ。昔っから、慶吾に何かさせるには二見くんにお願いするのが一番って決まってるんだから」

――昔から？

そのフレーズに、俺はパチリと瞬《しばたた》き、慶吾は不機嫌に眉《まゆ》を寄せた。

そう言えば前にも、神原はこんな感じのことを言っていた。あのときは『好きな相手』って言い方だったから、てっきり神原のことだと思っていたけど……。

俺のことだったのか……。

あのとき、妬《や》いたのがバカみたいだと思う。

とはいえ、俺は慶吾が俺のいうことをきいてくれた記憶《きおく》ってほとんどないんだけどな。

「余計なことべらべらしゃべってんじゃねーよ」

「そんなこと言っていいの？　誰《だれ》のおかげで二見くんの職場がわかったと思ってんのよ？」

慶吾の言葉に、神原はそう言って胸を張る。

「あ、それ慶吾から聞いたけど、どうしてわかったんだ？」

「ん？　ああ、恩田くんに聞いたの。前にも言わなかったっけ？」

「いや、前は俺が教員をしてるのは恩田に聞いたってだけで……」

それに、俺が恩田に言ったのは私立高校の教員をしていて、学校の近くで一人暮らししていることと、今住んでる区と最寄りの路線程度だった。

「あ、そっか。えーっとね。大体の住んでる場所を聞いたから、電話して調べたの」

「……電話？」

「うん。この沿線の私立高校に片《かた》っ端《ぱし》から電話して、二見先生はいらっしゃいますかって訊いたの」

にっこり笑って、フォークでタルトを口に運ぶ神原に、俺は思わず絶句してしまう。

確かにそうすれば調べられるかもしれないけど、その行動力にはびっくりを通り越《こ》して唖然《あぜん》としてしまう。

ってていうか……。

「どうして、そこまでして俺の職場なんて――」

「おい、もういいだろ、その話は」

不思議に思って口にした問いを、慶吾が遮《さえぎ》る。

それに神原はきらりと目を輝《かがや》かせた。

「『夏の福音《ふくいん》』のドラマ化を了承《りょうしょう》させるのに使ったの」

そして、あっさりと暴露《ばくろ》してしまう。

「使った……って」

つまりは、交渉《こうしょう》に使ったってことだろうか？

そう言えば慶吾は昔、小説作品の映像化は好きじゃないって言ってたよな……。

とはいえ、慶吾の作品は『夏の福音』以前にもいくつか映画やドラマになってるし、その辺は分けて考えてるのかと思っていた。

「咲紀、覚えとけよ……」

「いいじゃない。これでまた『福音シリーズ』の既刊《きかん》も売れるし、またマンション買えちゃうかもよ？」

「もうこれ以上はいらねーんだよっ」

慶吾はそう毒づくと俺をちらりと見て、すぐに視線を逸《そ》らした。

どうやら照れくさいらしい。

俺はこれ以上慶吾の機嫌《きげん》が悪くならないように、必死で笑いを噛《か》み殺した。

まぁ、とにかく神原は、慶吾にとってだけじゃなく俺にとっても恩人だったらしい。

最初に嫉妬《しっと》心を燃やしていたのが、ますます申し訳ないような気持ちになってくる。

「それにしても、あんまり新境地でもなかったよね」

神原は慶吾の言葉はさらりとスルーして、そう言いながらテーブルの下に置いてあった雑誌をぱらぱらとめくった。

それは件《くだん》の『IPSだった慶吾』が書いた短編の載《の》った雑誌だった。

俺も読んだけど、確かにいつもの慶吾が書くものとそれほど変わりはなかったように思う。

もちろん、すごく面白《おもしろ》かったけど……。

「まぁ、もともとの売りが売りだし、こうなる気もしてたけどね」

神原の言葉に、俺は思わず苦笑《くしょう》した。

慶吾はこんな仏頂面《ぶっちょうづら》でPCに向かっているのに、書きあがる作品は『透明感《とうめいかん》のある文章』とか『現実的で、どろどろとしてる部分もあるのに不思議とピュア』が売りで、OLに大人気の恋愛《れんあい》小説なのである。

「やっぱり、作品ってちゃんと慶吾の脳内から出てきてるんだなーって感じで、興味深くはあったけどね」

確かに、それはちょっと思わなくもない。

それくらい、慶吾の書くものは普段《ふだん》の慶吾とかけ離《はな》れているから。

まぁ、さすがにIPSに罹《かか》っていたとはいえ、小説のキャラみたいな台詞《せりふ》はなかったけど、甘い台詞が慶吾の脳内で生産されていることは確認《かくにん》できたよな……。

「あ、赤くなった」

「えっ」

神原の指摘《してき》に、俺はぎょっとして手の甲《こう》で頬《ほお》を押さえた。

確かにちょっと熱い、そう思って俯《うつむ》いた瞬間《しゅんかん》。

「俺以外の前で、そんな顔してんじゃねーよバカ」

慶吾にそう言われて、ますます頬が熱くなる。

ちらりと神原を盗《ぬす》み見ると、しねばいいのに、みたいな顔になっていてさすがに気まずい。

けれど、文句を言おうと思って睨《にら》みつけた慶吾の眉間《みけん》に、むっとしたようなしわが寄ってるのを見たら、俺はすっかり怒《おこ》る気がなくなってしまった。それどころかちょっと口元が弛《ゆる》みそうにすらなる。

――どうも俺、IPSのせいで、慶吾の眉間のしわがすごく好きになっちゃったみたいなんだよな……。

ちょっとした後遺症《こういしょう》といえるかもしれない。

けれど、IPSが残したものの一番は、やっぱり慶吾との今の関係だろう。

そう考えると、IPSにはどれだけ感謝しても足りないっていう気がした。

頬を染めたまま慶吾を見てにやついている俺を見て、神原がますますうんざりした顔になる。

そして、それに気付きつつも、俺は幸せなため息をこぼしたのだった……。

あとがき

はじめまして、こんにちは。天野かづきです。この本をお手に取ってくださって、ありがとうございます。

実は今回、執筆《しっぴつ》中に「これあとがきに書こう！」と思ったことがあったのですが、今書こうとしたら全く思い出せませんでした……。なんということでしょう。なんとか思い出せないものかと思って、あとがきに三日ももらったのに、結局思い出せなかった……。記憶《きおく》力の低下が著《いちじる》しい今日この頃《ごろ》です。夏の暑さのせいだと思いたいです。

今回のお話は、「インプリンティングシンドローム（ＩＰＳ）」というおかしな病気が出てきます。「ＩＰＳ」というのは、言ってみれば一目《ひとめ》惚《ぼ》れ病のことで、もちろんわたしが勝手に考えた架《か》空《くう》の病気です。

受の明人はある日、五年振《ぶ》りに初恋《はつこい》の相手である慶吾に再会するのですが、その慶吾がＩＰＳに罹《かか》ってしまい、自分のことを好きだと言い出します。一度慶吾に失恋《しつれん》している明人は、それが病気ゆえの嘘《うそ》だとわかっていながら、ついつい流されてしまい……というお話。最初、慶吾のマンションの部屋が801号室だったのですが、あとから「この番号は……」と思って802に直しました。なんとなく（笑）。

実は前にも一度『恋愛依存症の彼』という本で、この病気のお話を書かせていただいたのですが、好きな設定なので、もう一度書くことができてとってもうれしいです。これも応援《おうえん》してくださった皆様《みなさま》のおかげだと思って、大変感謝しています。いただいたお手紙も、何度も何度も読み返しています。お返事がありえないレベルで遅《おそ》くてすみません……。

イラストは、今回も陸裕先生が描《えが》いてくださいました。お忙《いそが》しい中、引き受けてくださってありがとうございます！　ラフをいただいたとき、あまりの慶吾のかっこよさにぎゃーってなりました。あとあと、明人の正面顔がめちゃめちゃかわいかったです……。思い出しうっとり……。イラストを拝見するのが楽しみです。本当に素敵《すてき》な二人をありがとうございました！

また、タイトルは今回も、担当の相澤さんが考えてくださいました。いつもいつもすみません。ありがとうございます。原稿《げんこう》が相変わらずの遅さで、ご迷惑《めいわく》ばかりおかけしてすみません。これからもよろしくお願いします……！

そして、最後になりましたが、この本を手に取ってくださった皆様。本当にありがとうございました。少しでも楽しんでいただけましたでしょうか？　そうであれば、これに勝《まさ》る喜びはありません。

それでは、皆様のご健康とご多幸、そして再びどこかでお目にかかれることをお祈《いの》りしております。

二〇〇九年　八月

天野かづき

KADOKAWA RUBY BUNKO

初恋《はつこい》依《い》存《ぞん》症《しよう》の彼《かれ》

天野《あまの》かづき

角川ルビー文庫　R97-17　15922

平成21年10月1日　初版発行

発行者——井上伸一郎
発行所——株式会社角川書店
東京都千代田区富士見2-13-3
電話/編集(03)3238-8697
〒102-8078
発売元——株式会社角川グループパブリッシング
東京都千代田区富士見2-13-3
電話/営業(03)3238-8521
〒102-8177
http://www.kadokawa.co.jp
印刷所——旭印刷　製本所——BBC
装幀者——鈴木洋介

ISBN978-4-04-449417-9　C0193　定価はカバーに明記してあります。